Nichts weiter als ein Millionär

EINE SINCLAIR-NOVELLE

J. S. SCOTT

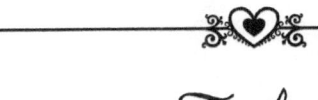

Inhalt

Kapitel 1

BROOKE

Ich lebte eine Lüge und hasste jeden Moment davon. Nun, vielleicht mit einer Ausnahme.

Liam Sullivan.

Mein Chef war der Einzige, der meinen übergangsweisen Umzug an die Ostküste erträglich machte.

Ich liebte das Küstenstädtchen Amesport in Maine wirklich, auch wenn ich dort nur vorübergehend wohnte. Die Menschen waren freundlich und es machte mir nichts aus, in dem kleinen Restaurant, in dem ich arbeitete, die Gäste zu bedienen und sämtliche andere Aufgaben zu verrichten, die dort anfielen.

Mir waren nur *die Lügen* zuwider.

Ich war vor etwas weniger als einem Jahr von Kalifornien nach Maine gekommen, weil ich hatte fliehen müssen. Jetzt war ich bereit, die Unwahrheiten hinter mir zu lassen und wieder ich selbst zu sein.

Es gab nur ein Problem, und *diesen* Betrug bedauerte ich am meisten von allen.

Liam Sullivan.

Mein Chef, der Besitzer des *Sullivan's Steak and Seafood*, war ein großer, blonder Gott, der mich in jedem meiner feuchten Träume verfolgte, seit ich ihn zum ersten Mal getroffen hatte. Und unglücklicherweise waren meine Fantasien in den vergangenen Monaten auch nicht gerade weniger wild geworden.

Ich seufzte und lehnte mich auf Liams Stuhl zurück. Leider befand er sich nicht mit mir in dem kleinen Büro, das zu dem Restaurant gehörte. Es war früh am Morgen und das Lokal würde erst am Nachmittag öffnen. Die Öffnungszeiten des *Sullivan's* waren noch immer die der Nebensaison im Frühling, weshalb Liam Sullivan noch nicht einmal im Restaurant eingetroffen war.

»Es ist fast vorbei«, flüsterte ich mir selbst zu und nahm dann einen großen Schluck von meinem Kaffee. Ich hatte eine ganze Kanne gekocht und war bereits bei der letzten Tasse angelangt. »Bald bin ich wieder in Kalifornien.«

Ich musste mich darauf konzentrieren, nach Hause zurückzukehren. In den letzten Monaten war dieser Gedanke das Einzige gewesen, das mich davor bewahrt hatte, verrückt zu werden.

Die Lügen hatten weitergehen müssen, sogar nachdem Liam mir bereits vor Monaten gestanden hatte, dass er mich wollte. Und diese Verfälschung des Menschen, der ich war, nagte an mir.

Was konnte ich denn noch tun? Ich konnte ihm nicht die Wahrheit sagen.

Im wahren Leben hatte ich keinen Freund. Der Besucher, den Liam gesehen und von dem er angenommen hatte, dass es sich um meinen Partner handelte, war in Wirklichkeit mein Bruder Noah gewesen, der von dem Milliardär Evan Sinclair an die Ostküste geholt worden war. Evan, der hier in Amesport lebte, war mit Noah befreundet und hatte sich einverstanden erklärt, mir dabei zu helfen, aus Kalifornien zu entkommen, wo ich mein Zuhause an der Westküste hatte verlassen müssen.

Ich war dankbar, aber ich bereute die Tatsache, dass ich meine wahre Identität geheim halten musste.

Liam kannte eine *Brooke*, die niemals existiert hatte.

Wenn es vermeidbar gewesen war, hatte ich ihn nicht sehr häufig angelogen, doch ich war nicht dazu in der Lage gewesen, ihm zu sagen, dass es sich bei dem Mann aus Kalifornien, der mich besucht hatte, eigentlich um meinen Bruder handelte.

Liam hatte mir eine Arbeit gegeben, ohne viel über meine Vergangenheit zu wissen. Evan hatte ihn gebeten, mich einzustellen, und Liam hatte zugestimmt, nachdem er meinen Lebenslauf gesehen hatte.

Die Abmachung, die ich mit meinem Bruder und Evan getroffen hatte, war deutlich gewesen.

Falle nicht auf.

Erzähle keinem, wer du wirklich bist.

Und tu nichts, was in irgendeiner Form Aufmerksamkeit auf dich lenken würde.

Ich konnte nicht das Versprechen brechen, das ich den Menschen gegeben hatte, die mir bei meiner Flucht geholfen hatten, als ich Kalifornien so überstürzt hatte verlassen müssen. Sie hatten diese Regeln aufgestellt, damit ich in Sicherheit war.

Ich nahm einen weiteren Schluck von meinem Kaffee. Soeben hatte ich mir die letzte Tasse eingeschenkt und wusste, dass ich bald neuen würde aufsetzen müssen. Ich würde ihn brauchen.

Trotz meines beträchtlichen Koffeinkonsums gähnte ich und versuchte, mich auf die Abrechnung für das *Sullivan's Steak and Seafood* zu konzentrieren. Liam war zwar auf vielen Ebenen ein exzellenter Geschäftsmann, aber er hasste die Buchführung und seine Steuererklärung. Weil ich gut mit Zahlen umgehen konnte, hatte ich diese Aufgaben vor einigen Monaten übernommen.

Dass ich bereits so früh am Morgen hier war, hatte jedoch nichts mit meiner Arbeit zu tun, sondern mehr damit, dass ich zurück nach Kalifornien gehen würde. Ich hatte Liam noch nicht gesagt, dass ich gehen würde, und diese Tatsache bereitete mir schlaflose Nächte. Ich hatte einfach kein Auge zumachen können, also war ich kurzerhand aufgestanden, um die Buchführung zu erledigen. Eigentlich bestand dafür keine Eile. Bis auf den laufenden Monat hatte ich bereits alles fertig. Doch ich hatte eine Aufgabe gebraucht, um mich zu beschäftigen.

Es wird ihn nicht interessieren, ob ich nach Hause zurückkehre.

Seit Liam mir gestanden hatte, dass er sich sexuell zu mir hingezogen fühlt, und ich ihm im Gegenzug geantwortet hatte, dass ich ihn ebenfalls begehrte, waren wir beide auf Abstand gegangen. Das Gespräch war nicht gut verlaufen. Sicher, ich sah ihn so gut wie jeden Tag. Wenn er guter Laune war, unterhielten wir uns über oberflächliche Dinge und sprachen über Sachen, die das Restaurant betrafen. Doch davon einmal abgesehen hatten wir nicht weiter miteinander geredet.

Er dachte, ich befände mich in einer Partnerschaft, und weil Liam eben Liam war, hatte er sich in dem Moment zurückgezogen, in dem ihm bewusst geworden war, dass er bereits zu viel preisgegeben hatte.

Ehrlicherweise musste ich zugeben, dass ich schockiert gewesen war, als ich herausgefunden hatte, dass Liam dachte, mein Bruder sei mein Freund, doch ich war nicht in der Lage gewesen, ihn aufzuklären. Wenn ich zugegeben hätte, dass ich gar keinen Freund habe, hätte Liam vielleicht angefangen, weitere Fragen zu stellen, und es gab nun einmal Dinge, die ich nicht hätte erklären können ... bis jetzt.

Da die Krise jedoch vorüber war und ich nach Hause zurückkehren würde, spielte es zwar eigentlich keine Rolle, ob er die Wahrheit herausfand oder nicht, aber ich hatte nicht vor, ihm alles zu erzählen. Er verachtete mich jetzt vielleicht dafür, dass ich einen angeblichen Freund hatte, doch er würde es weitaus mehr hassen, dass ich ihn angelogen hatte.

Ich würde einfach gehen. Es war besser, ihn in dem Gedanken zu belassen, dass ich einen kurzen Moment der Schwäche gehabt hatte, als ihn darüber aufzuklären, dass ich hier in Amesport eine Lüge gelebt hatte. Was Liam betraf, hatte ich meine Arbeit hier erledigt und darüber hinaus noch sehr viel mehr getan. Es ging ihn nichts an, warum ich beinahe ein ganzes Jahr an der Ostküste verbracht hatte, wo ich doch in Kalifornien zu Hause war.

Ich wusste, dass Evan Sinclair Liam nicht viel erzählt hatte. Laut dem Milliardärsfreund meines Bruders hatte dieser lediglich verlauten lassen, dass ich auf Arbeitssuche war und eine Pause von der Westküste brauchte.

Liam hatte zugestimmt, mich einzustellen, noch bevor ich in Maine angekommen war, weshalb ich sofort einen Job hatte, in den ich mich hineinstürzen konnte. Leider hatte ich ebenfalls einen sehr attraktiven Chef, der jedoch ein Mann war, der in mir niemals mehr als nur eine hilfsbereite, junge Angestellte sehen würde.

Gut. In fast einem Jahr hatte er einen Moment der Schwäche gehabt. Der Tag, an dem er mir gestanden hatte, dass er mich attraktiv findet. Aber seitdem hatte er dieses Geständnis ignoriert und ich war fest davon überzeugt, dass er es bereute, mir überhaupt etwas Persönliches von sich mitgeteilt zu haben.

Ich bin realistisch. Ich muss mich den Tatsachen stellen.

Und die Wahrheit war, dass es Liam Sullivan niemals wirklich interessieren würde, wohin ich ging oder was ich tat, solange ich ihn nur früh genug darüber in Kenntnis setzte.

Ich hatte nie zu der Art Frauen gehört, die von unerreichbaren Männern träumten. Ich war mit Typen zusammen gewesen, die sicher waren und in meine sachliche Welt hineinpassten. Meine Fantasielosigkeit war vermutlich der Grund dafür, warum ich so ein Zahlengenie war. Finanzen waren etwas Konkretes. Dort existierten keine Grauzonen. Zahlen waren entweder richtig oder falsch.

Ich zwang mich dazu, Liam aus meinen Gedanken zu streichen und mich auf die Abrechnung für den laufenden Monat zu konzentrieren.

Als ich das nächste Mal aufsah, waren bereits Stunden vergangen und ich hatte keine Ahnung, wie spät es war.

Nachdem ich mit meiner Arbeit fertig war, stand ich auf und streckte mich. Meine Glieder schmerzten, weil ich mich zu lange in derselben Position befunden hatte.

»Was zum Teufel tust du in aller Herrgottsfrühe hier?« Die genervte männliche Stimme ließ mich aufschrecken und ich fuhr herum, um den Besitzer dieses verführerischen Baritons anzusehen.

Liam.

Ich ließ meine Arme wieder sinken und mein Herz klopfte wie wild, was es immer tat, wenn er sich in meiner Nähe befand.

Mein Körper war mit einer Art Sensor für Liam ausgestattet und in dem Moment, in dem er sich in Hörweite befand, reagierte er blitzschnell.

Mein Gott, er sah fantastisch aus! Sogar in ausgewaschener Jeans und einem T-Shirt der Patriots strahlte er ruhiges Selbstbewusstsein und Kontrolle aus, etwas, wofür die meisten Menschen ihr gesamtes Leben benötigten.

Ich schüttelte mich. »Nichts. Also, *momentan* tue ich nichts. Ich bin gerade damit fertig geworden, sämtliche Unterlagen an den Steuerberater zu senden. Die Bücher sind auf dem neuesten Stand.«

Er sah immer noch nicht glücklich aus, doch das war Liams normaler Gesichtsausdruck. »Wann genau hast du heute Morgen mit der Arbeit begonnen?«

Ich trat hinter dem Schreibtisch hervor. »Früh«, sagte ich ausweichend.

»Wie früh, Brooke?«

Ich wollte ihm nicht sagen, dass ich bereits vor Sonnenaufgang hier gewesen war. Aus irgendeinem Grund schien er der Meinung zu sein, dass ich zu viele Stunden im Restaurant arbeitete, und vielleicht tat ich das auch. Aber die Arbeit war das Einzige, was mich davor bewahrte, den Verstand zu verlieren. »Was spielt es denn für eine Rolle?«, antwortete ich gereizt. »Die Arbeit ist erledigt.«

Als ich mich vor ihn stellte, musste ich meinen Kopf in den Nacken legen, um zu seinem Gesicht aufsehen zu können.

Ich war durchschnittlich groß, doch Liam war so riesig, dass ich mir neben ihm zierlich vorkam. Der Raum schien mit einem Mal viel zu heiß und viel zu klein zu sein.

Ich versuchte, mich an ihm vorbeizuschieben, um das Büro zu verlassen, doch er hielt mich mühelos mit seiner kräftigen Hand am Oberarm fest. »Für mich spielt es eine Rolle, Brooke. Dir gehört der Laden nicht und ich erwarte von dir nicht, dass du die gleiche Stundenzahl hier verbringst wie ich.«

Um ehrlich zu sein, war ich diese Diskussion leid. Ich hatte mich aus einem ganz bestimmten Grund in der Arbeit vergraben und ebenfalls, um Liam so viel wie möglich zu helfen. Er hatte mir einen Gefallen getan, als er mich eingestellt hatte. Ich wollte mich revanchieren.

Ich fühlte mich gequält und schikaniert, also platzte ich mit dem ersten Gedanken heraus, der mir durch den Kopf schoss. »Ich kündige. Hiermit beginnt meine Kündigungsfrist von zwei Wochen.«

Ich schüttelte seinen Arm ab, drückte mich an ihm vorbei und verließ das Büro. Mein einziger Rückzugsort war die Toilette, wo ich schnell die Tür hinter mir schloss und den Schlüssel umdrehte. Ich lehnte mich gegen die hölzerne Oberfläche und atmete tief durch, damit sich mein Herzschlag wieder beruhigte.

Jetzt brauchte ich nur noch zwei Wochen in der Hölle zu überstehen, bevor ich mir darüber Gedanken machen konnte, wie ich jemals über den einen Mann hinwegkommen würde, der mich dazu brachte, vollkommen die Fassung zu verlieren.

Kapitel 2

LIAM

Was zum Teufel ist gerade passiert?

Hatte sie tatsächlich gerade ... *gekündigt?* Oh, auf gar keinen Fall! Sie konnte nicht einfach so gehen. Ich brauchte sie.

Es quälte mich zwar, sie hier zu haben, doch ich wusste verdammt gut, dass Brooke der Grund dafür war, dass ich meinen Hintern morgens so schnell aus dem Bett bewegte. Vielleicht war ich ja ein Masochist und sollte meine Urteilsfähigkeit hinterfragen, weil ich einer bereits vergebenen Frau hinterherlief. Doch Brooke nicht zu sehen war schlimmer als zu leugnen, dass sie meinen Schwanz jedes Mal steif werden ließ, wenn ich sie sah.

Ja, ich war mir bewusst, dass es in ihrem Leben bereits einen Mann gab, und ich mischte mich in diese Angelegenheit nicht ein, obwohl ich es wollte. Aber ich war es gewohnt, ihr Gesicht so gut wie jeden Tag zu sehen. Ich wollte, dass sie hier im *Sullivan's* blieb.

Entschlossenen Schrittes ging ich zur Toilette und hämmerte an die Tür. »Ich akzeptiere deine Kündigung nicht!«, rief ich.

Es dauerte einen Moment, bis sie antwortete. »Du hast keine Wahl. Du kannst mich nicht zwingen hierzubleiben, wenn ich das nicht will. Ich dachte, es wäre nur fair, dir rechtzeitig Bescheid zu sagen.«

Ich musste ehrlich gestehen, dass sie sich *tatsächlich* fair verhalten hatte. Ich war derjenige, der sich vollkommen unvernünftig verhielt. Zwei Wochen waren eine Menge Zeit und mehr als ausreichend. In der Vergangenheit hatte ich unzuverlässige Mitarbeiter gehabt, die einfach nicht mehr gekommen waren, nachdem sie eine neue Stelle gefunden hatten. Sehr wenige Menschen nahmen ihre Arbeit als Kellnerin so ernst, wie Brooke es tat. »Können wir nicht wenigstens darüber reden?«, fragte ich mit ruhigerer Stimme.

Ich hörte ein Schlurfen in der Toilette und schließlich öffnete Brooke die Tür. »Liam, ich habe nichts weiter dazu zu sagen. Du wusstest, dass ich nur übergangsweise für dich arbeiten würde. Ich weiß es sehr zu schätzen, was du für mich getan hast. Du hast mir einen Job gegeben, als ich ihn gebraucht habe, und dafür bin ich dir dankbar.«

Ich sah sie mit gerunzelter Stirn an. Ich wollte ihre Dankbarkeit nicht. Ich wollte, dass sie mit ihrem Hintern hier in Amesport blieb.

Ich wusste zwar immer noch nicht genau, *warum* sie hier war, doch es interessierte mich auch nicht mehr. Ich hatte erfolglos versucht, weitere Informationen von Evan zu bekommen, doch der Mistkerl hatte mir nur sagen wollen, dass Brooke eine Auszeit von der Westküste gebraucht hatte. Ich hatte sogar damit gedroht, sie zu feuern, sollte Evan mir nicht die Wahrheit sagen. Doch er hatte mich durchschaut und gewusst, dass ich eine gute Angestellte niemals grundlos vor die Tür setzen würde.

»Was hat sich verändert?«, fragte ich sie. »Warum jetzt?«

Sie zuckte mit den Schultern. »Weil es Zeit wird. Ich habe keinen Grund mehr zu bleiben. Ich kann wieder nach Hause gehen.«

»Du warst nicht einmal ein Jahr hier«, brummte ich, denn ich wusste, dass ich ihre Entscheidung nicht anfechten konnte. Sie war nur eine Angestellte und sie besaß jedes Recht zu kündigen, wenn sie das wollte. Trotzdem würde ich sie nicht gehen lassen, ohne um sie zu kämpfen.

Sie lachte. »Ein Jahr ist lang. Ich hatte gar nicht vorgehabt, so lange zu bleiben.«

Vermutlich vermisste sie ihren Freund, auch wenn ich meine Zweifel daran hatte, wie ernst es ihm mit Brooke wirklich war. Er hatte sie nur wenige Male hier besucht und war auch nie lange geblieben. »Abgesehen von deinem Freund, was wartet denn an der Westküste auf dich? Hier hast du zumindest Arbeit.«

»Meine gesamte Familie lebt dort, Liam. Ich habe drei ältere Brüder, eine Zwillingsschwester und einen jüngeren Bruder, der gerade sein Medizinstudium abgeschlossen hat.«

Ich war überrascht. Sie sprach nicht gerade viel über ihr Privatleben. Ich hatte ja keine Ahnung, dass sie so eine große Familie hatte. »Du hast einen Zwilling? Sieht sie so aus wie du?«

Sie schüttelte den Kopf. »Wir sind keine eineiigen Zwillinge, aber man kann sehen, dass wir Schwestern sind. Sie fehlt mir. Wir telefonieren zwar, aber ich war noch niemals so lange von ihr getrennt.«

»Warum hast du mir denn nicht gesagt, dass du Familie dort hast?«

Sie zuckte mit den Schultern. »Ich konnte nicht viel über mein Privatleben preisgeben.«

Mist! Es stieß mir sauer auf, dass Brooke und ich uns nie wirklich kennengelernt hatten. Das hätten wir tun sollen. Sie war schließlich schon lange genug hier. Aber es war offensichtlich, dass sie nicht hatte gefunden werden wollen, und ich war zu beschäftigt damit gewesen, sie glauben zu lassen, dass mein Interesse an ihr der Vergangenheit angehörte. Wir hatten sehr viel Zeit am gleichen Ort verbracht, aber wir hatten uns nie wirklich miteinander unterhalten.

Ich musste ehrlich gestehen, dass das meine Schuld war. Wenn ich mich nicht so sehr angestrengt hätte, mich selbst davon zu überzeugen, dass ich sie nicht vögeln wollte, hätten wir Freunde werden können.

Es ist ziemlich schwer, mit ihr befreundet zu sein, wenn ich nur daran denken kann, sie zum Höhepunkt zu bringen.

»Du hast eine große Familie«, entgegnete ich, denn ich wusste nicht, was ich sonst hätte sagen sollen.

Sie schnaubte. »Du hast ja keine Ahnung, wie sehr mir das manchmal auf die Nerven gegangen ist. Drei große Brüder zu haben, die bei jeder Gelegenheit versuchen, mich herumzukommandieren, ist nie einfach gewesen. Aber ich liebe sie alle. Meine Eltern leben nicht mehr, deswegen hatten wir Geschwister nur noch uns.«

»Das tut mir leid«, antwortete ich automatisch. Ich konnte nachvollziehen, wie sie sich fühlte, weil ich selbst meine Mom und meinen Dad verloren hatte.

»Sie sind schon vor langer Zeit gestorben«, sagte sie mit melancholischer Stimme, bevor sie hinzufügte: »Ich werde mal Kaffee machen.«

Ich trat zur Seite, damit sie an mir vorbeigehen konnte, und folgte ihr dann in die Küche. »Es ist bestimmt nicht einfach für dich, dich fernab der Familie auf der anderen Seite des Landes aufzuhalten.«

Sie befüllte die Kaffeemaschine mit Pulver und Wasser und antwortete schließlich: »Mir hat es gutgetan. Ich habe etwas Zeit für mich gebraucht.«

Ihre Antworten waren vage und ich spürte, dass sie nicht über die Gründe sprechen wollte, die sie dazu veranlasst hatten, Kalifornien überhaupt erst zu verlassen. »Du freust dich bestimmt darauf, deinen Freund wiederzusehen«, bemerkte ich, doch ich hatte Schwierigkeiten, sie mir dauerhaft mit einem Mann an ihrer Seite vorzustellen.

Ich war es gewohnt, sie allein zu sehen, und genau so gefiel es mir auch.

Tatsächlich machte es mich wütend, wenn ich darüber nachdachte, dass sie vergeben war, auch wenn ich wusste, dass es nun einmal so war.

Aber das würde ich ihr nicht sagen. Wenn ich es täte, müsste ich zugeben, dass ich nie aufgehört hatte, sie attraktiv und anziehend zu finden, und das war etwas, über das wir vermutlich nicht sprechen sollten.

Sie drückte auf den Knopf an der Kaffeemaschine, um den Brühvorgang zu starten, und erklärte dann: »Ich freue mich darauf, alle wiederzusehen, wenn ich wieder zu Hause bin.«

Wie konnte ich gegen eine ganze verdammte Familie und einen Freund ankommen? Ich hatte mich nie mit Brooke angefreundet. Das konnte ich nicht. Nicht wenn mein Schwanz jedes Mal hart wurde, wenn ich sie sah. »Du wirst uns hier fehlen«, sagte ich traurig.

Sie drehte sich um und sah mich an. »Wer wird mich denn hier vermissen? Ich habe hier keine echten Freundschaften geschlossen und du hast selbst gesagt, dass du nie mit mir befreundet sein kannst.«

Das *hatte* ich gesagt. Genau nachdem es mir herausgerutscht war, dass ich mich zu ihr hingezogen fühlte. Doch in den Monaten nach meinem Geständnis hatte ich mir gewünscht, den Mund gehalten zu haben. Brooke war die Art Frau, die in jedem Menschen das Gute sah. Sie war meist gut gelaunt und besaß eine Persönlichkeit, die in mir den Wunsch erweckte, ihr Freund zu sein, auch wenn ich nichts lieber täte, als sie zu vögeln. »Du wirst uns trotzdem fehlen«, murmelte ich.

»Wirst du mich vermissen?«, fragte sie und in ihrer Stimme schwang Neugier.

»Selbstverständlich. Du hast dir für mich den Hintern abgearbeitet. Du bist für mich eingesprungen, als ich meine Schwester nach New York begleitet habe, damit sie sich dort ihre Cochlea-Implantate einsetzen lassen konnte. Du hast sehr viel für mich getan, Brooke.« Meine gehörlose Schwester Tessa war nicht mehr gehörlos. Die Implantate waren von ihrem Körper angenommen worden und sie war glücklich mit Micah Sinclair verheiratet, einem weiteren Milliardär der Sinclair-Familie, die sich hier in Amesport niedergelassen hatte.

Brooke wandte sich ab und versuchte, die Enttäuschung auf ihrem Gesicht zu verbergen, die ich gesehen hatte, bevor sie den Kopf weggedreht hatte.

»Ich bin mir sicher, dass du einen guten Ersatz finden wirst«, sagte sie, als sie sich an einem kleinen Wandvorsprung hochdrückte, um dort zu sitzen.

Es war das einzige Mal, dass dieser Bereich zu etwas nütze war. Seit ich das Restaurant umgebaut hatte, gab es zahlreiche alte Bereiche, die wir eigentlich nicht mehr brauchten.

»Wird es dir dort gut gehen?«, fragte ich, auch wenn ich mir nicht sicher war, warum ich diese Frage gestellt hatte.

Ich hatte zwar keine Ahnung, warum sie ihre Familie hatte verlassen müssen, aber jetzt, da mir bewusst war, dass sie Geschwister besaß und welches Leben sie zurückgelassen hatte, war ich mir sicher, dass es sich um etwas Ernstes gehandelt haben musste.

Sie sah mich aus ihren wunderschönen und ausdrucksstarken blauen Augen an. »Es geht mir besser«, erklärte sie. »Ich hatte etwas Zeit für mich gebraucht und sie hier in Maine gefunden. Alle Menschen waren sehr freundlich. Es ist eine tolle Stadt.«

»Mit der einzigen Ausnahme, dass es hier von Milliardären nur so wimmelt«, brummte ich. Jeder der Sinclair-Brüder hatte einer nach dem anderen Amesport als sein Zuhause auserkoren.

Es war nicht so, als wären sie nicht gut für die Stadt. Sie alle hatten bedeutende Investitionen in der kleinen Küstenregion getätigt, um die Wirtschaft anzukurbeln und die Lebensqualität der Einwohner zu verbessern. Und dennoch war es immer noch merkwürdig zu sehen, wie ihre Privatflugzeuge am Flughafen außerhalb von Amesport abhoben und landeten.

»Du sagst das so, als wäre es etwas Schlechtes«, zog Brooke mich auf. »Du bist auch nicht gerade arm.«

Sie hatte meine Steuererklärung gemacht und kannte deswegen meinen Finanzstatus. Ich war bestimmt kein armer Schlucker und obwohl ich kein Milliardär war, besaß ich Millionen in Form von Investitionen und auf meinen Geldmarktkonten. Dieser Verdienst stammte von der Sicherheitsausrüstung und anderem Zubehör, das ich zu einer Zeit patentiert hatte, in der ich noch in Hollywood tätig gewesen war und mich dort um die Spezialeffekte gekümmert hatte.

»Aber ich bin kein Sinclair«, gab ich zurück.

»Wen interessiert das schon?«, fragte sie. »Du bist immer noch stinkreich.«

Das war ich, doch das Geld hatte mir nie etwas bedeutet. Als meine Eltern gestorben waren und meine Schwester nach einer Krankheit gehörlos geworden war, hatte ich es mir zur Aufgabe gemacht zu sparen. Ich wollte dafür Sorge tragen, dass Tessa Zugang zu der besten ärztlichen Versorgung hatte, die sie bekommen konnte. Aber nachdem sie Micah geheiratet und ihren Gehörsinn wiedererlangt hatte, hatte sich das ganze Geld nach und nach angehäuft. Ich hatte bereits das Leben, das ich wollte, weshalb ich nie sehr viel davon ausgab.

Ich zuckte mit den Schultern. »Das Geld ist mir nicht mehr wichtig.«

»Dein Herz hängt an diesem Restaurant«, sagte sie.

»Ich denke, da hast du recht. Bis ich zurück nach Hause gekommen war, hatte ich nicht gewusst, dass es mein Traum sein würde, das *Sullivan's* zu führen. Die Hummerbrötchen liegen mir scheinbar im Blut.«

»Die besten Hummerbötchen an der Ostküste«, erinnerte sie mich. »Und deine Steaks sind auch verdammt lecker.«

»Das soll auch so sein«, antwortete ich. »Wenn das nicht der Fall wäre, hätte ich über einen sehr langen Zeitraum hinweg schlechtes Fleisch eingekauft.«

Ich war stolz darauf, die besten Steaks anzubieten, die ich bekommen konnte. Ich hatte sehr viel Zeit darin investiert, den besten Lieferanten zu finden, den es in der Umgebung gab.

»Du hättest einfach irgendwo an einem Strand sitzen und deine Millionen zählen können«, merkte sie an. »Aber das hast du nicht getan.«

»Ich glaube nicht, dass ich jemals aufhören könnte zu arbeiten«, gab ich zu.

»Weil du deinem Leben einen Sinn geben willst?«, bohrte sie nach.

»Darüber habe ich noch nie wirklich nachgedacht. Das *Sullivan's* ist ein traditioneller Ort. Es befindet sich seit Generationen in Familienbesitz.«

»Das bewundere ich an dir«, sagte Brooke ernst. »Du bemühst dich immer darum, das Restaurant noch weiter zu verbessern, dabei hättest du einfach einen Manager einstellen können und müsstest hier überhaupt nicht arbeiten.«

»In diesem Punkt sind wir uns ähnlich«, sagte ich widerwillig.

»Du hättest eine durchschnittliche Arbeitskraft sein können, anstatt es dir zur Aufgabe zu machen, die beste Angestellte überhaupt zu sein. Die meisten Jugendlichen, die hier arbeiten, erscheinen einfach nur und machen Dienst nach Vorschrift.«

Bei meiner Bemerkung sah ich, wie sie merklich zusammenzuckte.

»Ich bin keine Jugendliche, Liam. Ich bin sechsundzwanzig Jahre alt und niemals ein Kind gewesen. Meine Familie war arm. Alle von uns hatten etwas beisteuern müssen, damit wir nicht auseinandergerissen wurden. Wir mussten alle ziemlich schnell erwachsen werden.«

Ich musste zugeben, dass ich den Altersunterschied zwischen uns niemals wirklich *bemerkt* hatte, obwohl ich versucht hatte, diese Lücke von neun Jahren als Ausrede zu benutzen, mich von ihr fernzuhalten. Verdammt, ich hatte so gut wie alles versucht, um sie auf Abstand zu halten. »Bist du dir sicher, dass du gehen willst?«, fragte ich rau. »Ich kann dich in die Geschäftsführung aufnehmen, dir einen Jobtitel geben und dich besser bezahlen.«

»Du bezahlst mich jetzt schon sehr gut«, entgegnete sie. »Als Kellnerin verdiene ich hier verdammt gutes Geld.«

»Du bist mehr als nur eine Kellnerin und ich denke, das weißt du auch. Du weißt beinahe genauso viel wie ich darüber, wie dieser Laden zu führen ist.«

Sie glitt von ihrem Sitzplatz auf den Boden. »Das ist ein wirklich großzügiges Angebot von dir, aber ich kann in Kalifornien neue Arbeit finden. Für mich gibt es keinen Grund hierzubleiben.«

Ich dachte eine Weile über ihre Worte nach. Sie hatte hier keine Freunde, weil sie sich nie irgendjemandem angenähert hatte. Mein Privatleben war mir zwar auch wichtig, doch Brooke hatte sich selbst so sehr abgeschottet, dass es kaum zu ertragen sein musste. Sie konnte sich in einem Raum voller Menschen befinden und am Ende doch wieder allein dastehen, weil sie niemals die Freiheit gehabt hatte, über sich selbst zu sprechen. »Es tut mir leid, Brooke. Ich hätte dir ein besserer Freund sein sollen.«

Sie lächelte mich schwach an. »Das ist schon okay. Ich verstehe, warum wir nicht befreundet sein können.«

Brooke schritt in Richtung Tür.

»Wo gehst du hin?«, rief ich ihr hinterher.

»Zurück in meine Wohnung. Ich will vor meiner Schicht noch aufräumen und mich umziehen.«

Jetzt, da ich wusste, dass sie Amesport verlassen würde, hasste ich es wirklich, sie von mir weggehen zu sehen.

Sie verließ das Restaurant und schloss die Tür hinter sich.

Ich wollte ihr nachgehen, doch was zum Teufel sollte ich ihr denn sagen?

Ich konnte ihr nicht erzählen, wie einsam es in Amesport sein würde, wenn sie nicht mehr da wäre.

Die Luft wurde ruhig, als ob es ein Vorzeichen für die Dinge war, die da kommen würden.

Es war zu ruhig, zu still, nachdem sie gegangen war.

Als ich anfing, die Speisen für den Mittagsservice vorzubereiten, sagte ich mir, dass ich mich einfach damit abfinden müsse.

Brooke würde nach Kalifornien zurückkehren und ich würde mich an meine Einsamkeit gewöhnen müssen.

Kapitel 3

BROOKE

»Ich wollte mich nur bei dir für alles bedanken, was du für mich getan hast«, sagte ich zu Evan Sinclair, als wir später am Abend bei einem Kaffee im örtlichen Café *Brew Magic* zusammensaßen.

Ich hatte ihn angerufen und gefragt, ob wir uns unterhalten könnten. Ich hatte ihm persönlich danken wollen, weil er es mir ermöglicht hatte, Kalifornien für eine Weile den Rücken zu kehren.

In arroganter Manier zog er eine Augenbraue hoch. »Bist du dir sicher, dass du zur Abreise bereit bist?«

Ich hatte mich bereits an Evans sachliches und direktes Verhalten gewöhnt. Er schien vielleicht distanziert zu sein, doch ich war fest davon überzeugt, dass er ein gutes Herz besaß. Welcher andere superreiche Mogul nahm sich schon die Zeit, um einer gewöhnlichen Frau wie mir zu helfen?

Während ich einen Schluck von meinem Kaffee nahm, nickte ich. Das *Brew Magic* würde mir wirklich fehlen. In Kalifornien gab es guten Kaffee, doch dieser Laden hier wandte tatsächlich Magie an, wenn es darum ging, den Kunden eine schmackhafte Koffeindosis zuzubereiten. »Ich bin bereit. Ich muss mich wieder meinem echten Leben widmen. Ich werde einen Job finden und versuchen, mich wieder zu Hause einzuleben.«

Nach einem erschütternden Erlebnis hatte ich fast ein Jahr lang eine schwere Zeit durchgemacht. Ich wusste, dass es Zeit für mich wurde, das alles hinter mir zu lassen und nach vorn zu schauen.

»Ich kann dir bei der Jobsuche behilflich sein«, sagte Evan.

»Das brauchst du nicht. Ich habe Erfahrung. Ich denke nicht, dass es schwer sein wird, eine Anstellung zu finden.«

»Ich habe sehr viele Kontakte, falls du sie brauchen solltest.«

Ich verschluckte mich beinahe an meinem Kaffee. Evan Sinclair hatte mehr *Kontakte* als irgendein anderer Mensch auf dieser Erde. »Ich weiß dein Angebot zu schätzen.«

»Es freut mich, wenn ich helfen kann.«

Ich sah ihn an und wusste, dass er es ernst meinte. Wenn ich wirklich seine Hilfe benötigen würde, besaß ich keinen Zweifel, dass er bis morgen eine Arbeitsstelle für mich gefunden hätte. »Ich bleibe noch zwei Wochen hier. Ich habe es Liam gesagt, damit er genügend Zeit hat, um einen Ersatz für mich zu finden.«

Er nickte. »Gut. Vielleicht kannst du vor deiner Abreise ja zum Abendessen zu uns kommen. Miranda würde sich freuen.«

Ich sah ihn vorsichtig an. »Das ist wirklich freundlich von dir. Aber ich bin mir sicher, dass du ein vielbeschäftigter Mann bist.«

Ich wollte nicht noch mehr seiner Zeit beanspruchen. Er war mit *Noah* befreundet und hatte bereits genug für mich getan.

»Das ist kein Problem«, informierte Evan mich.

»Na gut. Ich komme gern.« Jetzt, wo ich meine Vergangenheit nicht mehr verstecken musste, wollte ich nur noch ich selbst sein. Und für gewöhnlich fiel es mir leicht, neue Freunde zu finden.

Evan stellte seinen Kaffee auf dem Tisch ab, bevor er fragte: »Was sagt Liam denn eigentlich dazu, dass du gehst?«

Ich sah ihn überrascht an. »Er hat nichts dagegen. Er hat ja schließlich immer schon gewusst, dass es nur ein Übergangsjob ist, oder nicht?«

Evan nickte. »Das hat er. Xander hat jedoch die Tatsache erwähnt, dass er … dich ziemlich gern zu haben scheint.«

»Wie bitte? Xander hat das gesagt?« Ich wusste, dass Liam mit Evans jüngstem Cousin befreundet war, aber ich hatte keine Ahnung, wie mein Name in einer Unterhaltung der beiden aufgetaucht sein könnte.

»Du hast richtig gehört. Er hat ebenfalls gesagt, dass Liam es niemals akzeptieren würde, solltest du Amesport verlassen wollen.«

»Er kann es mir nicht verbieten. Ich bin volljährig und er ist nicht mein Vater.« Es wäre mehr als nur ein klein wenig unheimlich, wenn er es wäre. Denn schließlich war ich schon seit meiner Ankunft in Amesport scharf auf ihn. Darüber hinaus hatte ich definitiv keinen Vaterkomplex.

»Ich glaube, er wird dich schon vermissen, aber er hat auch jede Menge Geld. Er könnte dich einfliegen lassen oder sich ein Privatflugzeug kaufen, damit er zwischen Amesport und Kalifornien hin- und herpendeln kann.«

Ich schnaubte. »Liam wird sich niemals so sehr verbiegen, um mit mir in Kontakt zu bleiben. Ich glaube, er fühlt sich in meiner Nähe manchmal unwohl.«

Evan grinste. »Diese Art Unwohlsein bedeutet nicht immer, dass sich ein Mann nicht für dich interessiert. Ich habe mich schrecklich unbehaglich gefühlt, als ich Miranda kennengelernt habe.«

»Warum?«

»Einige Männer mögen es, alles unter Kontrolle zu haben. Wenn wir jemanden treffen, der uns überfordert, ist es nicht immer einfach, nicht die Überhand zu behalten.«

»Dann willst du mir also sagen, dass dich deine Frau dazu bringt, dich merkwürdig zu verhalten?«

»Leider ja. Aber ich würde dieses Gefühl nicht abstellen wollen, wenn es bedeutete, dass sie nicht Teil meines Lebens wäre. Ich glaube, dass ich ab und zu ordentlich durchgeschüttelt werden muss. Das tut Liam vielleicht auch ganz gut.«

Es war lustig, darüber nachzudenken, wie Evans wunderbare Frau ihren Willen bei solch einem sturen Mann durchsetzen konnte. »Wie dem auch sei, Liam hat kein Interesse.«

»Woher weißt du das?«

Einen Moment lang war ich still, dann gestand ich: »Ich habe ihn gefragt. Schon vor einigen Monaten. Er hat zugegeben, dass er sich von mir angezogen fühlt, aber er hat sich mir nie angenähert.«

»Interessant«, sagte Evan nachdenklich.

»Es war nicht *interessant*«, gab ich zurück. »Um ehrlich zu sein, war es ziemlich erniedrigend. Er denkt, er sei zu alt für mich, und behandelt mich wie ein Kind. Er glaubt sogar, dass ich einen Freund habe.«

Evan runzelte die Stirn. »Stimmt das?«

»Natürlich nicht. Wenn ich einen Freund hätte, dann würde ich doch hoffen, dass der Mann mich schon viel eher zurück in Kalifornien hätte haben wollen.«

»Warum sagst du ihm dann nicht einfach die Wahrheit?«

Ich seufzte laut. »Es ist kompliziert.«

»Mit komplizierten Dingen kenne ich mich gut aus«, sagte Evan.

»Als du Noah das erste Mal in einem deiner Flugzeuge hast einfliegen lassen, damit er mich besuchen konnte, hat Liam mich mit ihm gesehen. Ich konnte ihm nicht die Wahrheit sagen, also hat er seine eigenen Schlüsse gezogen. Er denkt, dass ich einen stinkreichen Freund habe.«

»Daran gibt es nichts auszusetzen. Geld macht das Leben einfacher.«

»Aber manchmal auch sehr viel komplizierter«, sagte ich.

Evan zuckte mit den Schultern. »Vielleicht. Aber ich kenne es nicht anders. Liam kann nicht denken, dass irgendetwas falsch daran wäre, reich zu sein. Er hat selbst ziemlich viel Geld.«

Ich nickte. »Ich weiß. Ich habe seine Steuererklärung gemacht.«

»Warum kannst du es ihm denn jetzt nicht einfach sagen?«

Diese Frage hatte ich mir bereits selbst zahlreiche Male gestellt. Sicher, Liam würde sich vermutlich besser fühlen, wenn er wüsste, dass ich nicht in einen anderen Mann verliebt war, weil er wusste, dass ich ihn einmal anziehend gefunden hatte. »Weil er dann wüsste, dass ich gelogen habe«, antwortete ich traurig.

»Es ist nur deswegen eine Lüge, weil du es nicht abgestritten hast.«

»Nein, Evan. Ich habe gelogen. Wenn er Fragen gestellt hat, habe ich gelogen, dass sich die Balken gebogen haben.«

Er nahm einen weiteren Schluck von seinem Kaffee, dann sagte er: »Er ist zu mir gekommen und hat Fragen gestellt. Ich gehe davon aus, dass es zu der Zeit war, in der er dachte, du hättest einen Mann an deiner Seite. Er hat damit gedroht, dich hinauszuwerfen, wenn ich ihm nicht sage, warum du hier bist.«

Ich sah ihn durchdringend an. »Hat er das? Warum hast du mir denn nichts gesagt?«

»Weil er dich nicht hinausgeworfen hätte, selbst wenn ich ihm jegliche Informationen verweigert hätte, was ich getan habe.«

»Was, wenn er es doch getan hätte?«

»Dann hätte ich einen anderen Job für dich gefunden. Aber ich wusste, dass es nicht so weit kommen würde. Liam hat einen angeborenen Sinn für Anstand. Er hätte dich nicht gefeuert, nachdem du gute Arbeit für ihn geleistet hast«, entgegnete Evan selbstzufrieden.

»Was hat er denn wissen wollen?« Ich konnte immer noch nicht glauben, dass Liam zu Evan gegangen war, um die Wahrheit herauszufinden.

»Alles«, antwortete er. »Aber es stand nicht in meiner Macht, ihm diese Fragen zu beantworten. Ich dachte mir, dass du schon entscheiden wirst, was du ihm erzählen willst.«

»Es hat so viele Momente gegeben, in denen ich es ihm hätte sagen wollen«, gestand ich. »Aber ich habe dir und Noah mein Versprechen gegeben, dass ich nichts sagen würde.«

»Jetzt gibt es nichts mehr, das dich aufhalten könnte. Du gehst zurück nach Hause. Die Zeit des Versteckspiels ist vorbei.«

»Ich glaube, dass es jetzt viel zu spät dafür ist«, sagte ich. »Er hat seitdem nicht mehr erwähnt, dass er irgendetwas für mich empfindet, und behandelt mich wieder wie eine Jugendliche.«

»Und wie fühlst du dich?«

»Schlecht«, antwortete ich unglücklich. »Egal was ich tue, ich kann nur verlieren. Entweder wird er mich dafür verachten, dass ich Gefühle für ihn entwickelt habe, während ich mit jemand anderem zusammen war, oder er wird mich hassen, weil ich ihn angelogen habe. Für mich ist es eine ausweglose Situation. Aber das spielt keine Rolle. Ich werde nach Hause zurückkehren und danach muss ich ihn nicht mehr sehen.«

Mein Herz schmerzte, weil ich die Worte ausgesprochen hatte, die ich eigentlich nicht sagen wollte. Ich würde Liam nie wiedersehen.

Evan lehnte sich auf seinem Stuhl zurück. »In Geschäftsdingen gibt es nie ausweglose Situationen«, sagte er nachdenklich. »Es mangelt meist nur an der Fähigkeit, das Positive zu sehen.«

Ich leerte meine Tasse, bevor ich ihm mitteilte: »Das hier ist kein Geschäft und es gibt auch nichts Positives, Evan. Die Gelegenheit, Liam die Wahrheit zu sagen, habe ich schon vor langer Zeit vertan, und jetzt würde mir das auch nichts mehr helfen. Liam und ich haben eine streng berufliche Beziehung. Er empfindet nichts mehr für mich, da bin ich mir sicher.«

»Hast du denn auch keine Gefühle mehr für ihn?«, bohrte er gnadenlos nach.

Meine Güte, ich konnte sehen, warum Evan so ein erfolgreicher Geschäftsmann war. Ich wand mich fast, denn ich fühlte mich, als würde Evan mich durch ein Mikroskop betrachten, nachdem er mich seziert hatte. Dabei sollte er doch eigentlich auf meiner Seite sein. Es würde mir ganz und gar nicht gefallen, diesen Mann als Feind zu haben.

»Nein«, log ich. Doch dann erinnerte ich mich daran, dass ich Lügen hasste, und ich verbesserte mich: »Doch.«

Er grinste. »Es kann ja kaum beides der Fall sein.«

Erschöpft sagte ich zu ihm: »Gut, ja. Ich habe Gefühle für ihn. Sie sind nie verschwunden. Aber ich bin nicht so dumm, mir aussichtslose Dinge herbeizusehnen. Wenn ich erst einmal wieder zu Hause bin, wird sich das legen und ich werde wieder ein ganz normales Leben führen. Liam war nichts mehr als eine Fantasie. Vielleicht war mir langweilig. Vielleicht habe ich meine Familie und meine Freunde vermisst. Was auch immer diese verrückten Gefühle hervorgerufen hat, es wird verschwinden, wenn ich zurück an der Westküste bin.«

»Und wenn die Gefühle nicht irgendwann verschwinden?«

Ich sah ihn irritiert an. »Dann bin ich vollkommen geliefert«, sagte ich, weil ich von Evans unermüdlicher Fragerei erschöpft war. Ich fing an, mich wie eine wichtige Zeugin bei einem Mordprozess zu fühlen, die von der Verteidigung in die Mangel genommen wird.

Evans Auftreten war locker, doch sein Gesichtsausdruck war angespannt.

»So muss es nicht sein, Brooke. Du könntest ihm alles sagen. Du brauchst dich für das, was du getan hast, nicht zu schämen. Wenn du gelogen hast, dann hast du es getan, weil du es tun musstest. Ich denke, dass Liam das verstehen wird.«

»Ich glaube nicht, dass er das wird.« Evan hatte keine Ahnung, wie angespannt meine Beziehung zu Liam wirklich war. »Bitte. Ich will einfach nur nach Hause.«

»Es ist deine Entscheidung«, sagte er. »Aber aus Erfahrung kann ich dir sagen, dass es auch im echten Leben immer positive Aspekte gibt. Es betrifft nicht nur das Geschäft. Leider ist es jedoch so, dass du manchmal sehr lange suchen musst, um sie zu finden.«

Wir begannen, uns über ein anderes Thema zu unterhalten, und ich war erleichtert, dass wir nicht weiter über Liam sprachen. Es war zu schmerzhaft, darüber nachzudenken, was gewesen sein könnte, wenn ich nur eine normale Angestellte gewesen wäre und keine Heuchlerin.

Dennoch wusste ich, dass mich *die Lügen* davor bewahrt hatten herauszufinden, was zwischen mir und Liam passiert wäre, wenn die Dinge anders gewesen wären.

Denk nicht darüber nach. Bringe einfach nur die nächsten zwei Wochen hinter dich.

Die Dinge würden *niemals* anders sein und es war sinnlos, darüber nachzudenken, was hätte geschehen können.

Ich musste mich der Realität stellen.

Das wahre Leben war manchmal ganz schön anstrengend.

Kapitel 4

BROOKE

Nachdem ich das *Brew Magic* verlassen hatte, betrat ich noch schnell den kleinen Süßigkeitenladen auf der Main Street und freute mich, dass er noch geöffnet hatte. In dem Geschäft befand sich außer mir nur noch eine weitere Frau und ich erkannte sie sofort.

»Hallo Tessa«, grüßte ich die andere Kundin freundlich. Ich kannte Liams Schwester nicht besonders gut, aber sie war immer sehr nett zu mir gewesen.

Die hübsche Blondine drehte ihren Kopf, um mich zu begrüßen. »Brooke«, sagte sie und lächelte. »Schön, dich zu sehen. Bist du auch hier, weil dich der spätabendliche Heißhunger auf etwas Süßes gepackt hat?«

Ich grinste sie an. »Ich befriedige wohl eher meine Sucht. Ich liebe das knusprige Mandeltoffee. Bitte sag mir, dass du den letzten Rest gekauft hast und ich nicht eine Tüte davon mit nach Hause nehmen kann.«

Sie lachte und ich sah, wie ihre Augen aufblitzten. »Tut mir leid. Ich habe zwar etwas gekauft, doch es ist immer noch jede Menge für dich übrig.«

Da verpuffte meine Hoffnung, dass mein süßer Zahn heute wohl ohne Toffee auskommen musste. Süßigkeiten setzten sofort an meinen Hüften an, doch ich konnte einfach nicht widerstehen, etwas Toffee zu kaufen, weil der Laden immer noch geöffnet hatte. »So wie es scheint habe ich dann wohl keine Ausrede mehr. Ich muss einfach mehr Sport treiben.«

Der kleine Laden war erfüllt von dem Geruch nach Schokolade und mir lief bereits das Wasser im Mund zusammen.

»Ich bin mir sicher, dass dir ein paar zusätzliche Kalorien nicht schaden werden«, entgegnete Tessa. »Ich dürfte es mir wirklich nicht erlauben, aber Micah und ich können jetzt wieder anfangen, draußen zu laufen, es wird also so schlimm nicht werden.«

»Wo ist Micah denn?«, fragte ich. Tessas attraktiver Mann war so gut wie immer an ihrer Seite.

»Er bleibt über Nacht in North Carolina. Seine Firma richtet dort die jährlich stattfindende Extremsportveranstaltung aus.«

Tessa bezahlte und ich gab bei der Inhaberin meine Bestellung auf. Ich erwartete, dass Tessa gehen würde, nachdem sie fertig war, doch sie wartete, bis ich mit der Frau an der Kasse zu Ende gesprochen hatte, und sagte dann: »Ich habe Liam vorhin im Restaurant getroffen. Er hat gesagt, dass du uns verlassen willst.«

Ich seufzte. In Amesport verbreiteten sich Neuigkeiten wie ein Lauffeuer. »Es ist nicht so, dass ich gehen *will*, aber ich habe ein Leben in Kalifornien. Für mich ist schon immer klar gewesen, dass es sich bei dem Job nur um eine temporäre Anstellung handelt.«

Sie nickte. »Liam hat mir alles erzählt. Ich wünschte, du würdest bleiben. Seit du da bist, ist Liam sehr viel fröhlicher.«

Ich lächelte. »Du willst mir also sagen, dass ich jeden Tag einen Liam sehe, der gute Laune hat?«

»Ich weiß, dass es sich komisch anhört, aber mein Bruder war immer schon ein eher stiller Zeitgenosse. Er hat nie viel geredet.«

»*Das* glaube ich dir.«

»Er hat sich mir niemals wirklich geöffnet«, gestand Tessa. »Vielleicht weil er immer das Gefühl hatte, sich um mich kümmern zu müssen, weil ich erst nur seine kleine Schwester und später dann seine gehörlose kleine Schwester war.«

»Ich weiß, wie es sich anfühlt, einen älteren Bruder zu haben«, sagte ich zu ihr. »Ich habe gleich drei davon.«

Sie schüttelte den Kopf und sah mich mitleidig an. »Ich könnte mir nicht vorstellen, drei ältere Brüder zu haben. Liam allein reicht mir schon vollkommen.«

Noah, Seth und Aiden waren nicht so schlimm wie Liam, aber Jade und ich wurden trotzdem von allen Seiten herumkommandiert. »Es ist nicht immer schlimm«, sagte ich. »Zumindest habe ich immer einen Mann im Haus, wenn mein Auto repariert werden muss. Alle meine Brüder sind handwerklich begabt.«

»Das ist doch schon mal etwas«, sagte sie skeptisch, als würde sie auf gar keinen Fall so viele anmaßende Männer in ihrem Leben brauchen. »Wann reist du denn ab?«

»Ich habe heute gekündigt und Liam eine Frist von zwei Wochen gegeben, damit er jemand anderen finden kann.«

»Ich kann ihm in der Übergangszeit helfen, aber ich weiß, dass er dich vermissen wird. Ich glaube, er bemerkt nicht einmal, wie viel er von dir spricht.«

»Tut er das?«, antwortete ich erstaunt. »Mit mir redet er nämlich kaum.«

Sie musterte mich aufmerksam, was mir etwas unangenehm war, bevor sie sagte: »Ich hatte gehofft, aus euch beiden würde ein Paar werden.«

Ich zuckte mit den Schultern. »Das war nicht gerade etwas, an dem Liam Interesse gezeigt hat.«

Ich hatte keinen Grund, Tessa weiterhin etwas vorzumachen. Ich würde sowieso nicht mehr lange hier sein.

»Er war definitiv an dir interessiert«, widersprach sie. »Ich bin mir nicht sicher, warum er keinen Annäherungsversuch gestartet hat.«

Ich wusste warum, aber ich wollte Tessa das nicht alles erklären. Es war offensichtlich, dass Liam ihr nichts von meinem sogenannten

Freund erzählt hatte. »Es ist einfach nie dazu gekommen«, sagte ich vage. »Ich denke, so ist es auch besser, denn mein gesamtes Leben findet auf der anderen Seite des Landes statt.«

Während ich für meine Süßigkeiten bezahlte, wechselte Tessa das Thema. »Ich habe dich mit Evan im Café gesehen.«

»Wir sind nur befreundet«, antwortete ich schnell. »Er kennt meinen ältesten Bruder Noah.«

Niemand würde denken, dass Evan jemals eine Affäre haben würde, wo er doch mit einer Frau wie Miranda verheiratet war, die er förmlich vergötterte. Dennoch wollte ich es klarstellen.

Tessa rollte mit den Augen. »Das weiß ich doch. Evan würde sein Leben für Randi geben. Du musst dich nicht rechtfertigen, weil ihr zusammen Kaffee getrunken habt. Ihr habt nur so vertraut miteinander gewirkt. Evan ist nicht dafür bekannt, viel zu reden. Genau wie Liam.«

»Er redet, wenn er das will«, sagte ich und dachte darüber nach, wie er mich gerade eben erst über Liam ausgefragt hatte.

»Die meisten Männer sind so«, sagte Tessa mit einem Lächeln. »Brooke, ich weiß, du wirst nicht mehr lange hier sein, aber falls du einmal jemanden zum Reden brauchst, ich kann gut zuhören. Ich wünschte, wir hätten mehr Zeit gehabt, uns kennenzulernen, aber die Arbeit im Restaurant hält einen immer sehr auf Trab.«

»Danke«, antwortete ich und nahm meine Tüte mit dem Toffee entgegen. »Ich denke, es geht mir gut. Ich habe nur ein wenig Zeit für mich gebraucht. Hier zu sein hat mir genau das ermöglicht.«

Ein Teil von mir wollte Tessa alles erzählen. Sie war einer dieser freundlichen Menschen, mit denen man einfach befreundet sein wollte. Aber das Wissen, dass sie Liam alles sagen würde, ließ mich schweigen.

»Mein Angebot steht«, bekräftigte sie.

Ich nahm ein Stück von dem Mandeltoffee aus der Tüte und steckte es mir in den Mund. Ich schluckte, bevor ich antwortete: »Danke. Ich weiß es zu schätzen, dass mich niemand bedrängt hat. Ich war nicht bereit, über das zu sprechen, was in Kalifornien passiert ist.«

Wir verließen gemeinsam den Laden und bedienten uns jeder aus unserer eigenen Süßigkeitentüte.

»Kann ich dich mitnehmen?«, bot sie mir an.

»Nein danke. Ich wohne nur einige Gehminuten entfernt.« Ich lebte in einer kleinen Einzimmerwohnung in der Nähe der Innenstadt. Sie war möbliert und mein Blick ging hinaus auf die Rückseite der Geschäfte der Main Street, doch ich war dankbar, dass Evan sie für mich gefunden hatte. Ich hatte nie ein Auto benötigt, weil alles, was ich brauchte, in Laufweite lag.

»Bis bald, hoffe ich«, verabschiedete Tessa sich.

Ich winkte ihr nach, als sie zu ihrem Wagen ging, und wünschte, dass ich Gelegenheit dazu gehabt hätte, sie besser kennenzulernen. Tessa hatte in ihrem Leben so viele Herausforderungen gemeistert. Sie wäre vermutlich eine großartige Freundin gewesen.

Ich ging langsam zurück zu meiner Wohnung. Es war zwar bereits Frühling, doch in Maine war es immer noch kalt. Über meiner Jeans und dem langärmligen Hemd trug ich eine leichte Jacke, denn fürs Frühjahr war es noch nicht warm genug. Ich hatte mich während des Winters an das eisig kalte Wetter gewöhnt, aber ich hatte die Kälte mehr als satt und würde mich über etwas Wärme freuen.

Ich konnte bereits meine Wohnung sehen, als mich plötzlich jemand festhielt. Ein starker Arm erschien in der Dunkelheit aus dem Nichts und ich erschrak.

»Was um alles in der Welt tust du so spät noch hier draußen?«

Noch bevor ich den Körper sah, der in das dämmrige Licht der Straßenlaternen hinaustrat, erkannte ich die Stimme.

»Liam?«

»Es ist fast schon elf Uhr«, sagte er böse.

Ich wollte ihm sagen, dass sogar Jugendliche um diese Zeit noch nicht zu Hause sein mussten, doch dann blickte ich in sein Gesicht und blieb stumm.

Es sah wütend aus, aber ich konnte auch sehen, dass er besorgt war.

Sogar als ich darüber nachdachte, wie unmöglich er sich gerade verhielt, schmolz mein Herz ein klein wenig dahin.

»Es ist nicht gerade mitten in der Nacht«, antwortete ich ruhig.

»Es ist dunkel«, knurrte er. »Zu spät, um in dieser Kälte herumzulaufen.«

»Ich bin auf dem Weg nach Hause«, erklärte ich ihm. »Ich hatte mich mit Evan zu einem Kaffee im *Brew Magic* getroffen.«

»Warum?«

Ich war sprachlos. Liam benahm sich so merkwürdig, dass ich mir nicht sicher war, was ich auf seine Frage antworten sollte. Ich brauchte einen Moment, um nachzudenken, dann sagte ich: »Ich wollte mich bei ihm für seine Hilfe bedanken.«

»Weil du abreist«, entgegnete er traurig.

»Ja. Weil ich abreise.«

Zwischen uns breitete sich eine Stille aus, die ewig anzudauern schien. Schließlich sagte Liam: »Dir ist kalt. Ich begleite dich zu deiner Wohnung.«

Ich war fast schon zu Hause. Ich konnte bereits den Eingang zu meinem Gebäude erkennen. »Das brauchst du nicht. Ich finde den Weg schon. Ich kann mein Haus bereits sehen.«

Er nickte in Richtung der Eingangstür. »Ich komme mit dir.«

Ich setzte mich in Bewegung und Liam hielt neben mir Schritt. Es machte keinen Sinn, mit ihm zu streiten. Wir standen draußen in der Kälte, wo wir uns doch beide in wenigen Minuten drinnen im Warmen befinden konnten. »Kommst du jetzt erst aus dem Restaurant?«

Um diese Jahreszeit schloss das Lokal um einundzwanzig Uhr, deswegen nahm ich an, dass er es gerade erst verlassen und mich im Dunkeln hatte vorbeigehen sehen.

»Vor ein paar Minuten«, antwortete er.

Obwohl seine Worte erklärten, warum er sich in der Gegend befand, verstand ich jedoch immer noch nicht, warum er mir gefolgt war, wo ich doch nur wenige Meter von meiner Wohnung entfernt war.

Es war nichts Ungewöhnliches, dass Liam ein Auge darauf hatte, dass ich sicher zu Hause ankam. Als es noch wärmer gewesen war, hatte er mich immer nach Hause gebracht. Im Winter hatte er mich die kurze Strecke vom Restaurant zu meiner Wohnung im Auto mitgenommen. Er hatte so immer auf mich aufgepasst. Aber es hatte für ihn keinen Grund gegeben, mich zu einer Tür zu begleiten, die ich von dort, wo ich auf dem Bürgersteig stand, bereits sehen konnte.

»Danke«, murmelte ich, als wir am Eingang zu meinem Gebäude angelangt waren. »Ruf mich beim nächsten Mal an«, forderte er. »Amesport ist zwar ein ziemlich sicherer Ort, aber während des Sommers habe ich hier einige merkwürdige Gestalten gesehen.«

»Es ist aber nicht Sommer«, entgegnete ich.

Verglichen mit Kalifornien wirkte das kleine Küstenstädtchen in Maine wie der sicherste Ort der Welt.

»Ruf mich an!«, wiederholte er. »Egal wo du hinwillst, ich fahre dich.«

Ich nickte. »Möchtest du mit hinaufkommen?« Ihn dazu einzuladen hereinzukommen, schien das Richtige zu sein. Ich hatte ihn in der Vergangenheit immer wieder gefragt und er hatte immer abgelehnt. Trotzdem fragte ich ihn, der Höflichkeit halber.

»Ja. Ich glaube, das möchte ich«, sagte er etwas unsicher, als ob er daran gewöhnt war, eine andere Antwort zu geben – was ja auch der Fall war.

»Ich kann uns Kaffee machen«, bot ich an und suchte in meiner Tasche nach dem Schlüssel zum Haupteingang.

»Ich glaube, ich brauche etwas Stärkeres«, antwortete er.

Ich fand den passenden Schlüssel und steckte ihn ins Schloss, bevor ich mich umdrehte und ihn ansah. Liam trank nicht. Er hatte mir einmal erzählt, dass er während seiner Zeit in Kalifornien sehr wild gefeiert hatte und Alkohol nur noch sehr selten anrührte. In den Monaten, die wir uns kannten, hatte ich ihn nicht ein Mal dabei gesehen, wie er ein alkoholisches Getränk zu sich genommen hatte.

»Ich habe Bier und Wein im Haus.« Das Bier war von meinem Bruder zurückgelassen worden. Und der Wein gehörte mir. Gott wusste, dass ich ab und zu mal einen Drink brauchte, ganz besonders, nachdem ich den gesamten Abend mit Liam im Restaurant verbracht hatte.

»Das klingt gut.«

Ich schloss die Tür auf und trat in die Eingangshalle meines Gebäudes. Alles war still. Wir hatten keinen Portier, der Tag und Nacht den Eingangsbereich überwachte. Es war nicht nötig.

Das wird unbehaglich werden.

Bei der Arbeit verbrachten wir Zeit alleine, doch ihm Zugang zu meinem Privatleben zu gewähren war etwas vollkommen anderes.

Ohne ein Wort zu sagen, nahmen wir den Aufzug in den zweiten Stock. Als die Türen sich endlich zischend öffneten, fragte ich: »Warum hast du dich jetzt dazu entschieden, mit hinaufzukommen?«

Ich hatte es ihm mindestens hundert Mal angeboten und er hatte immer wieder abgelehnt.

»Ich glaube, wir müssen uns unterhalten.« Ohne eine weitere Erklärung trat er aus dem Fahrstuhl in den Flur hinaus.

Ich folgte ihm und ging schließlich an ihm vorbei, um ihm zu zeigen, welches meine Wohnungstür war.

Eigentlich wollte ich nicht schon wieder über meine Abreise reden, aber wie es schien, hatte ich keine andere Wahl.

Kapitel 5

BROOKE

Mit Liam darin kam mir meine Wohnung extrem klein vor. Es lag nicht an seiner Körpergröße, obwohl er ein großer Mann war. Es war seine Anwesenheit. Ich fühlte mich, als würde er den letzten Rest Sauerstoff aus der Wohnung saugen und mich nach Luft schnappend zurücklassen.

Ich sagte ihm, er solle es sich im Wohnzimmer bequem machen, während ich mich um die Getränke kümmerte. Als ich die Küche betrat, drückte ich automatisch auf den Knopf am Anrufbeantworter, um meine Nachrichten abzuhören. Es war nur eine darauf.

»Ich weiß zwar, dass du bald nach Hause kommst, aber ich wollte einfach nur deine Stimme hören. Ich bin froh, wenn du wieder in Kalifornien bist. Wir sprechen uns die Tage. Ich liebe dich, Brooke.«

Ich lächelte, als ich Noahs Nachricht hörte. Mir fehlte meine Familie wirklich sehr. In diesem Moment hätte ich sogar jeden meiner drei nervigen Brüder sehen wollen.

Als ich mich umdrehte, um zurück ins Wohnzimmer zu gehen, hielt ich die Getränke bereits in den Händen, doch ich kam nicht weit. Liam stand in der Küchentür und sah nicht gerade fröhlich aus.

»Er liebt dich nicht und du liebst ihn auch nicht«, sagte er heiser.

Ich schob mich an ihm vorbei und er folgte mir ins Wohnzimmer. Ich reichte ihm ein Bier, dann sagte ich: »Selbstverständlich liebe ich ihn. Sehr sogar.«

Er hatte offenbar Noahs Nachricht gehört und daraus geschlossen, dass es sich dabei um meinen nicht existierenden Freund handelte.

»Wie zum Teufel kann er eine Frau wie dich haben und dich nicht jeden verdammten Tag sehen müssen?«

Liam hatte sich an das eine Ende des Sofas gesetzt, also nahm ich am anderen Ende Platz. »Er *hat* mich nicht.«

Sein Kopf fuhr blitzschnell herum, um mich anzusehen. »Machst du mit ihm Schluss?«

Ich grinste Liam an. »Das ist leider unmöglich.« Es hatte Zeiten gegeben, in denen meine Brüder mich schier zum Wahnsinn getrieben hatten. Da wir aber verwandt waren, musste ich sie entweder ertragen oder sie aus meinem Leben verbannen. Ich hatte mich dazu entschlossen, ihre Dummheiten zu ignorieren, schließlich hatten sie auch ihre guten Seiten.

»Warum? Wenn du ihn nicht liebst und er dich nicht liebt, dann wäre es wohl besser, wenn du ihn verlässt.«

»Ich kann meinen eigenen Bruder nicht verlassen«, informierte ich ihn und nahm einen großen Schluck von dem Merlot in meinem Glas.

»Das war dein Bruder?«

Ich nickte. »Noah. Der Älteste.«

Als Liam seine Sprache wiederfand, sah er erleichtert aus. »Tut mir leid. Ich bin es einfach nicht gewohnt, dass du Brüder hast.«

»Ich bin mir selbst nicht einmal sicher, ob ich es gewohnt bin«, scherzte ich. »Dabei sind sie seit sechsundzwanzig Jahren meine Geschwister. Noah ist sehr beschützerisch, weil er uns alle großgezogen hat. Deswegen können wir ihn auch niemals davon überzeugen, dass wir jetzt erwachsen sind und auf eigenen Beinen stehen können.«

Liam setzte die Bierflasche an und leerte die Hälfte auf einmal, bevor er antwortete: »Er wird dich immer beschützen wollen. Tessa ist verheiratet und trotzdem will ich ihr immer noch sagen, was sie tun soll. Ich glaube nicht, dass dieser Instinkt jemals verschwindet.«

»Ich liebe ihn. Er hat sein gesamtes Leben seiner Familie gewidmet, dabei war er selbst kaum erwachsen.«

»Er hat getan, was er tun musste, um euch alle zusammenzuhalten. Davor ziehe ich meinen Hut.«

»Trotzdem hast du gedacht, er sei mein Freund?«

Er nickte. »Das habe ich. Aber mit dem kannst du trotzdem immer noch Schluss machen, Brooke.«

»Das kann ich nicht.« Wie könnte ich mich von einem Mann trennen, der gar nicht existierte?

»Er hat dich praktisch ein Jahr lang alleine gelassen. Er ist einige Male für ein oder zwei Tage zu Besuch gekommen, aber wenn er dich wirklich lieben würde, wäre er hier bei dir geblieben.«

Mein Herz schmolz noch ein wenig mehr. Es war offensichtlich, dass Liam versuchte, mir zu helfen, und ich konnte die Tatsache nicht ignorieren, dass er sich scheinbar darum sorgte, ob ich glücklich war. »Hättest du dein gesamtes Leben für eine Frau aufgegeben, wenn du in der gleichen Situation wärst?«

»Wenn sie die richtige Frau wäre, dann ja.«

Komischerweise glaubte ich ihm. Bei Menschen, die ihm etwas bedeuteten, war Liam loyal und verlässlich. »Es gibt nicht viele Männer, die das tun würden«, erklärte ich.

»So ein Unsinn! Ich kenne nicht viele Männer, die das *nicht* tun würden.« Er nahm einen weiteren großen Schluck von seinem Bier.

Mir waren zahlreiche Männer bekannt, die nicht ihr gesamtes Leben aufgeben und einer Frau folgen wollten, selbst wenn sie sich in einer Beziehung befanden. Aber es schien, als würde Liam sich mit Kerlen umgeben, die wussten, wie man Prioritäten setzt.

Ich wechselte das Thema, bevor ich tatsächlich lügen musste. »Worüber wolltest du mit mir sprechen?«

»Ich wollte sehen, ob ich dich davon überzeugen kann, doch hierzubleiben, aber nachdem ich die Nachricht deines Bruders gehört habe, weiß ich, dass mein Reden zwecklos wäre. Und in Bezug darauf, dass du deinen nutzlosen Freund verlassen sollst, kann ich deine Meinung definitiv auch nicht ändern.« Er hielt einen Moment lang inne, bevor er hinzufügte: »Trotzdem fühlt es sich nicht richtig an, dich gehen zu lassen.«

Ich trank einen Schluck von meinem Wein. »Warum ist es dir denn so wichtig, dass ich bleibe? Du hast zu mir gesagt, dass wir niemals befreundet sein könnten. Und darüber hinaus hast du nie auch nur ein weiteres Wort darüber verloren, dass wir uns zueinander hingezogen fühlen. Es fällt mir wirklich schwer zu glauben, dass es dir nur um das Restaurant geht.«

»Das ist auch nicht der Fall«, bestätigte er. »Mit dem *Sullivan's* hat das alles nichts zu tun.«

Mein Herz setzte eine Sekunde lang aus. »Was ist es dann, Liam?«

»Ich will nicht, dass du gehst.«

»Warum?« Ich wollte nun wirklich, dass er mir eine Antwort auf diese Frage gab.

»Weil ich immer noch Gefühle für dich habe, Brooke. Aber ich weigere mich, in das Territorium eines anderen Mannes einzudringen. Jedes Mal wenn ich dich sehe, wird mein Schwanz steif, aber ich kann einfach nicht entsprechend handeln.«

Ich sah dabei zu, wie Liam aufstand und mein Glas nahm. Er ging in die Küche und ich folgte ihm. Ich lehnte mich gegen den Türrahmen, während er ein weiteres Bier öffnete und mein Weinglas dann beinahe bis zum Rand befüllte.

Er gab es mir in die Hand und nahm dann einen Schluck von seinem frischen Bier, während er die leere Flasche in den Mülleimer warf.

Ich hob das Weinglas und trank, dabei grübelte ich darüber nach, was ich ihm sagen sollte. Mein Verlangen nach ihm war auch niemals verschwunden. Tatsächlich war es sogar so, dass es nur größer geworden war, je länger ich hierblieb. Wenn ich ehrlich zu mir selbst war, musste ich mir eingestehen, dass das der wahre Grund war, warum ich gehen *musste*. Ich konnte es nicht mehr ertragen, mich Nacht für Nacht selbst zu befriedigen und dabei an ihn zu denken. Es war beinahe schon schmerzhaft und ich wusste ebenfalls sehr gut, wie jämmerlich es war.

»Ich bin mir nicht sicher, ob diese Anziehung jemals vergehen wird.« Ich musste ehrlich zu ihm sein. Das war ich ihm schuldig.

Ich trank große Schlucke von meinem Wein, um meine Nerven zu beruhigen.

Liam leerte sein Bier und warf es in den Mülleimer, bevor er sich mir näherte. »Ich habe keinen Zweifel, dass das nicht passieren wird«, stimmte er zu. »Was sollen wir also machen?«

Mein Glas war schon wieder leer, also stellte ich es ab und sah zu ihm auf. Er war mir nahe, so nahe, dass ich seinen warmen Atem auf meinem Gesicht spüren konnte. »Wir machen gar nichts«, beeilte ich mich zu sagen. »Was gibt es denn schon, das wir tun können? Ich hoffe, dass sich alles legen wird, wenn ich erst einmal wieder in Kalifornien bin. Und nachdem ich erst eine Weile nicht mehr hier bin, wirst du es auch vergessen haben.«

»Versuch es noch einmal, Brooke«, forderte er mich heraus. »Seit fast einem Jahr wird mein Schwanz nun schon steif, wenn ich nur an dich denke.«

Ich war mir ziemlich sicher, dass mir bei seinen Worten der Mund offen stehen blieb, aber das war mir egal. Ich fragte mich, ob er sich so wie ich selbst befriedigte, jede Nacht im Bett lag und einen ernüchternden Orgasmus erlebte, weil er nur mit mir zusammen sein wollte. Ich wusste, dass ich es tat. »Ich habe ziemlich schmutzige Gedanken, in denen du vorkommst, wenn ich mich selbst streichele.«

Als wir uns vor einigen Monaten unsere Anziehung füreinander gestanden hatten, hatte ich ihm bereits gesagt, dass ich beim Masturbieren an ihn denke. Es war das einzige Mal gewesen, dass ich mich ihm geöffnet hatte, und damals war der Schuss nach hinten losgegangen. Danach hatte ich ihm niemals mehr irgendetwas anvertraut.

»Ich weiß. Ich tue das auch«, sagte er heiser. »Ich weiß nichts über dich, aber davon habe ich die Schnauze voll. Ich habe keine Ahnung, welches Versprechen du diesem Typen in Kalifornien gegeben hast, aber ich weiß, dass du ihn nicht liebst. Nicht, wenn du Gefühle für mich hast. Ich kenne dich nun lange genug, um zu wissen, dass du dich so nicht verhalten würdest.«

Von dem Wein, den ich so schnell getrunken hatte, war mir etwas schwindelig geworden und ich war bereit, ihm alles zu gestehen. Vielleicht würden wir nie Sex miteinander haben, aber das hielt mich nicht davon ab, ihm zu sagen, was mir durch den Kopf ging.

Ich nickte. »Es fängt an wehzutun. Das ist einer der Gründe, warum ich abreisen will.«

Liam hatte seinen Blick fest auf mich gerichtet und seine grünen Augen starrten mich durchdringend an. »Ich kann den Schmerz stoppen, Brooke. Denkst du nicht, dass wir uns eine Pause gönnen sollten?«

Er wollte mit mir schlafen. Ich konnte es in seinen Augen erkennen. Ich schlang meine Arme um seinen Hals. Sollten meine Hemmungen doch zum Teufel gehen! Ich wollte erleben, wie es war, Sex mit einem Mann zu haben, der mich wirklich begehrte.

Das war meine Chance.

In zwei Wochen würde ich ihn nie wiedersehen und er war der Einzige, der mich so lichterloh in Flammen stehen ließ.

Ich schloss meine Augen und streichelte mit meinen Händen über seinen Rücken. Er hatte seine Jacke ausgezogen und so brauchte ich nur noch seine nackte Haut zu finden.

Ich zog sein T-Shirt aus der Hose und stöhnte laut auf, als meine heißen Handflächen seinen nackten Rücken berührten. »Das hier ist so viel besser als die Fantasie«, sagte ich mit atemloser Stimme.

Zu meiner Enttäuschung trat er einen Schritt zurück, jedoch nur, um sich sein T-Shirt über den Kopf zu ziehen und es auf den Boden fallen zu lassen. »Berühre mich, Brooke. Verdammt! Ich habe schon zu lange auf dich gewartet!«

Ich öffnete meine Augen, um ihn zu betrachten. Liam hatte den schönsten Körper, den ich je gesehen hatte, und tatsächlich dazu in der Lage zu sein, mir seinen nackten Oberkörper anzuschauen, ließ mir beinahe schon schwindelig werden.

Sein blondes Haar war vom Ausziehen seines T-Shirts zerzaust, trotzdem bot er den wunderbarsten Anblick überhaupt. Sein Körper war unwahrscheinlich durchtrainiert. Ich streckte die Arme aus und fuhr mit meinen Händen über seine Brust und seinen

Waschbrettbauch. Als ich über die Härchen strich, die in dem Bund seiner Jeans verschwanden, erschauderte ich. Seine Haut war weich, aber ich konnte jeden harten Muskel spüren, der darunterlag.

Obwohl das Winterende noch nicht lange zurücklag, war Liams Haut leicht gebräunt, eine Farbe, die so natürlich an ihm wirkte. »Du bist so unglaublich perfekt«, sagte ich überwältigt.

»Ich bin weit davon entfernt, perfekt zu sein«, sagte er durch zusammengepresste Zähne, ein Zeichen, dass er versuchte, sich zurückzuhalten.

»Die hier sind in meinen Fantasien nie vorgekommen«, sagte ich und berührte die Tätowierungen auf seiner Brust. Auf der einen Seite befand sich ein gebrochenes Herz mit Engelsflügeln. Auf der anderen Seite war ein größeres Motiv zu sehen, ein zorniger Drache, der so aussah, als würde er aus seiner Haut herausspringen und mich angreifen.

Er nahm meine Hand und legte sie auf das Herz. »Das hier habe ich mir für meine Eltern nach ihrem Tod stechen lassen.« Er bewegte meine Hand so, dass meine Handfläche den Drachen berührte. »Dieses ist entstanden, als Tessa krank geworden ist. Ich wollte etwas, das Stärke symbolisiert, weil ich wusste, dass wir beide sie brauchen würden.«

Ich war fasziniert von den Tätowierungen, vermutlich weil ich Liam nicht als einen Menschen sah, der sich tätowieren lassen würde. Doch er hatte sich beide Motive aus Liebe zu seiner Familie stechen lassen und das fand ich außergewöhnlich.

»Hat es wehgetan?«

»Nicht so sehr wie die Gründe, warum ich sie mir habe machen lassen. Ich glaube, ich habe mit dem Tod meiner Eltern auf irgendeine Weise abschließen müssen. Und als Tessa krank geworden ist, musste ich einen Weg finden, um das Ganze zu überstehen.«

»Sie sind wirklich schön«, sagte ich und zog die Linien des Drachens nach.

Meine Hände streichelten über seinen nackten Rücken und ich fühlte mich, als befände ich mich in einer Art unwirklichen Trance. In diesem Moment bestand meine gesamte Welt aus dem Mann, der mich festhielt, und wenn ich träumte, wollte ich ganz sicher nicht wieder aufwachen. Ich wusste, dass diese Gefühle nicht dadurch hervorgerufen wurden, dass ich mehr Wein als üblich getrunken hatte. Das alles war ... Liam.

Ich sah zu ihm auf, als er nach dem Saum meines Pullovers griff, und hob meine Arme an, als sei es das selbstverständlichste Verhalten der Welt.

Er musste sich ausziehen.

Ich musste mich ausziehen.

Ich konnte es nicht erwarten zu spüren, wie unsere Haut miteinander verschmelzen würde. Als er mir meinen BH abstreifte, ließ ich ihn gewähren.

Ich wollte es.

Ich wollte *ihn*.

Ich fühlte, wie sich die Hitze zwischen meinen Schenkeln ausbreitete, als ich den hungrigen Blick auf seinem Gesicht bemerkte, während er meine nackten Brüste mit seinen Augen verschlang. »Oh Gott, Brooke!« Er umschloss sie beide mit seinen Händen. »Ich kann nicht glauben, dass das hier wahr ist.«

Ich wusste ganz genau, was er meinte, aber ich neckte ihn trotzdem. »Sie sind hundertprozentig echt. Ich halte nichts von Schönheitsoperationen.«

Ich war immer der Meinung gewesen, dass man sich mit den Genen abfinden musste, die einem bei der Geburt gegeben worden waren. Dennoch war ich etwas nervös, weil ich nicht wusste, ob Liam mein Körper gefallen würde, wenn ich erst einmal ganz nackt war.

Er schlang seine Arme um mich und zog meinen Körper an sich heran, ganz so, als wüsste er genau, was ich wollte.

»Ja!«, zischte ich, als seine heiße Haut mich berührte.

»*Verdammt!* Ich werde das nicht lange aushalten«, keuchte Liam.

»Dann gehe ich davon aus, dass wir es genießen werden, egal wie lange es dauert«, antwortete ich.

Liam bog mein Kinn nach oben. »Ich werde nicht eher gehen, bis du befriedigt bist«, versprach er.

Ich schloss meine Augen und er senkte den Kopf, um meinen Mund mit einer Wildheit einzunehmen, die ich noch niemals zuvor erlebt hatte.

Ich ließ mich vollständig in diese Umarmung fallen und mein Herzschlag setzte aus, als er jeden Zentimeter meines Mundes erkundete. Er war fordernd, aber ich hatte kein Problem damit, ihm alles zu geben, was er wollte, und meine Zunge duellierte sich mit seiner in einem lustvollen Kampf.

Meine Muschi pulsierte vor Verlangen, ihn in mir zu spüren. »Liam«, wimmerte ich, als er mich endlich wieder zu Atem kommen ließ.

Ich schob meine Hand zwischen unsere Körper und streichelte über die Beule in seiner Jeans. Sein Schwanz war steinhart und er war das nur für mich.

Er nahm meine Hand und schob sie weg. »Nicht. Ich will nicht wie ein Teenager bei seinem ersten Mal bereits in meiner Hose kommen. Ich will, dass es andauert.«

Ich wollte auch, dass es andauerte, doch mein Körper war meinem Gehirn kilometerweit voraus. Ich wollte unbedingt einen Orgasmus erleben, weil ich mich so sehr nach ihm sehnte. »Was soll ich tun?«

»Du könntest dich ausziehen«, brummte er. Er trat einen Schritt zurück und griff nach dem Knopf meiner Jeans.

Ich beeilte mich, meine Hose loszuwerden, denn ich war bereit zu tun, was immer er wollte.

Kapitel 6

BROOKE

Vollkommen wild aufeinander zogen wir uns unsere restlichen Kleider aus. Wir warfen die Textilien einfach auf den Boden und scherten uns nicht darum, wo sie landeten.

Jede Mauer, die ich mir mühsam aufgebaut hatte, wurde eingerissen, als ich Liams lüsternen Blick sah, mit dem er mich betrachtete, als wir endlich beide nackt voreinander standen.

Mein Herz klopfte so heftig in meiner Brust, dass ich tatsächlich *spürte*, wie die schnellen Schläge meinen Körper zum Vibrieren brachten.

Ich sah ihn an und mir wurde bewusst, dass ich bereits scharf auf seinen Anblick war.

Meine Muschi zog sich schmerzhaft zusammen und wurde von feuchter Hitze durchflutet, während ich mich an ihm sattsah und jeden wunderbaren Zentimeter seines göttlichen Körpers betrachtete. Das gut sichtbare V unterhalb seines Waschbrettbauchs sah aus, als sei es in Stein gemeißelt, und wies genau auf das, was ich haben wollte. Es war beinahe schon wie ein Schild in Neonschrift, das einem Alkoholiker den Weg zur nächsten Bar anzeigte.

Und bei Gott ... wie sehr ich mich nach einem Drink sehnte.

Ich trat einen Schritt nach vorn, um seinen riesigen Schwanz zu berühren, und meine Finger zitterten, als sie ihn umschlossen.

Er stöhnte auf und hielt mein Handgelenk fest. »Das geht nicht, Brooke«, sagte er bestimmt. »Nicht jetzt.«

Er schlang einen Arm um meine Hüfte und vergrub seine Hand in meinem Haar. Er griff sich eine Handvoll und zog meinen Kopf nach hinten. »Ich habe immer gewusst, dass es so sein würde«, sagte er rau und seine Augen funkelten in so einem durchdringenden Grün, dass mir der Atem stockte.

Ich war verletzlich und nackt. In diesem Augenblick wollte ich ihm nur mein Verlangen mitteilen. »Ich habe es auch gewusst. Aber vielleicht nicht so stark.«

Selbst wenn ich es versuchte, würde ich nicht erklären können, was mit mir geschah. Aber ich hatte immer gewusst, dass meine Abwehr gegen das Feuer, das er legte, wenn er mich berührte, wirklich berührte, nicht ankommen und meinen Körper innerhalb von Sekunden auffressen würde.

Er lehnte sich zu mir hinab und fing meinen Mund mit solch einem Hunger ein, dass ich nichts anderes tun konnte, als mich ihm hilflos zu ergeben.

Ich konnte mich Liam jetzt nicht entziehen, selbst wenn ich es wollte, was ich jedoch nicht tat. Ich musste ihn spüren, schmecken und jedes Gramm der Lust kosten, das er mir geben konnte.

»Du gehörst mir«, knurrte er, als er meine Lippen freigab. »Du bist immer schon für mich bestimmt gewesen.«

Seine Erklärung machte meine eigenen Besitzinstinkte nur noch schlimmer. Ich wusste ganz genau, wovon er sprach. Ich habe immer schon genau das Gleiche empfunden wie Liam. Ich hatte ihn von dem Augenblick an begehrt, in dem ich ihn zum ersten Mal gesehen hatte.

Er hätte seit dieser ersten Begegnung mir gehören sollen, doch das hatte er nie getan.

Jetzt habe ich ihn.

Vielleicht würde ich ihn irgendwann wieder gehen lassen müssen, doch bis auf Weiteres gehörte ich ganz ihm. Und *er* gehörte *mir*.

Ich ließ meinen Kopf zurückfallen, sodass er die zarte Haut an meinem Hals küssen und an meinem Ohrläppchen knabbern konnte. Ich spürte die kurzen Stöße seines aufgeheizten Atems an meinem Ohr, die mich vollkommen verrückt machten.

Seine rauen Handflächen strichen immer wieder über meinen Rücken und erkundeten meine Haut, bevor sie endlich ganz nach unten wanderten und fest meinen Po umschlossen.

»Dieser wunderschöne Hintern hat mich immer schon gequält«, keuchte er an meiner Haut.

Auch ich legte meine Hände auf seinen Po, doch ich ergriff ihn nicht. Stattdessen streichelte ich über die festen Muskeln und erinnerte mich an jedes einzelne Mal, das ich seinem Hinterteil im Restaurant hinterhergeschaut hatte.

»Fick mich, Liam«, wimmerte ich. »Ich brauche dich.«

Sein Gesicht nahm einen wilden, rohen Ausdruck an, ganz so, als läge die Verantwortung vollständig bei ihm, jedes unerfüllte Verlangen von mir zu stillen. »Ich will, dass es nicht sofort wieder vorbei ist, Brooke.«

Verzweifelt fuhr ich mit meinen Händen durch sein Haar. Ich hatte es immer schon berühren wollen, um herauszufinden, ob es sich genauso sexy anfühlte, wie es aussah. Als meine Finger mit den borstigen Strähnen in Berührung kamen, seufzte ich. »Du willst, dass es lange dauert, und ich will, dass es passiert, bevor ich noch vollkommen verrückt werde«, sagte ich mit zitternder Stimme.

Er hob mich hoch und setzte meinen Hintern auf der Arbeitsplatte ab. Sie hatte die perfekte Höhe, damit ich meine Beine um seine Hüften schlingen konnte, und ich zögerte keinen Augenblick, uns noch näher zusammen zu bringen.

»Warte, Brooke«, sagte er, während er mich zwischen meinen Schenkeln streichelte, wo er mit einer freudigen, feuchtheißen Welle der Lust begrüßt wurde.

»Verdammt!«, fluchte er und seine Brust hob und senkte sich in dem Versuch, sich zurückzuhalten. »Dieses Mal kann ich nicht warten.«

»Dann tu es nicht«, bettelte ich. »Ich brauche dich genau jetzt.«

Seine Finger streichelten über meine Klitoris und ein Schauer jagte mir durch den Körper. »Oh Gott!«

Das kleine Nervenbündel pulsierte mit jeder rauen Berührung seiner Finger. Ich spreizte meine Beine, um ihm einen noch besseren Zugang zu gewähren, während mein Körper sich bereits dem Höhepunkt näherte.

»Komm für mich, Brooke. Ich will dir dabei zusehen. Ich muss es sehen.«

Der Gedanke daran, dass er mich in meinem verletzlichsten Zustand beobachtete, machte mir keine Angst. Es erregte mich nur noch mehr.

Ich war hoffnungslos in diesem Gefühl verloren, während seine Berührungen fordernder wurden. Kopfüber ließ ich mich in das Feuer fallen und mich von ihm auffressen.

Die Stimulation war zu groß, als dass ich mich hätte zurückhalten können. Allein die Tatsache, dass er mich voller Lust anblickte, reichte schon aus, um mich zum Orgasmus zu bringen.

Sein Mund verschloss meinen in dem Moment, als mir ein Stöhnen entfuhr und mein Höhepunkt mit einer beängstigenden Wucht durch mich hindurch schoss.

Ich zitterte an seiner heißen Haut und mein Verlangen danach, dieses Gefühl zu spüren, war so mächtig, dass es mir die Luft abschnürte. »Liam«, presste ich hervor, als er meinen Mund freigab.

»Lass los, Brooke. Dir kann nichts passieren«, sagte er an meinem Ohr.

Ich schloss die Augen und ließ meinen Orgasmus die Kontrolle übernehmen. Es fühlte sich an, als würde diese kraftvolle Erlösung niemals aufhören, mich durchzuschütteln.

Aus meinem Mund kamen nur Wortfetzen, denn ich war nicht in der Lage zu sprechen. Ich konnte während dieser unglaublichen Befriedigung nur Stöhnen und unverständliche Laute von mir geben, so gut war es.

Als ich mich langsam von dem Höhepunkt erholte, keuchte ich.

Die Intensität der letzten Minuten war immer noch spürbar, da ergriff Liam meinen Hintern so fest, dass es beinahe schon schmerzhaft war. Er war in mir, bevor ich mich vollständig erholen konnte. »Ja«, wimmerte ich. »Ja.«

Liam war groß gebaut, doch mein Körper nahm ihn in sich auf. Die Muskeln meiner Muschi entspannten sich, um ihm vollständigen Zugang zu gewähren, und das Gefühl, ihn bis zur Schwanzwurzel in mir zu spüren, war so überwältigend, dass ich lange so verweilen wollte, genau wie Liam es tat.

In mir tobte ein Kampf. Einerseits wollte ich, dass das Gefühl, mit Liam verbunden zu sein, nie aufhörte, andererseits verzehrte ich mich danach, endlich von ihm gefickt zu werden, um meine animalischen Instinkte zu befriedigen.

Meine Beine schlangen sich um ihn und zogen ihn dichter an meine Muschi. Dabei schoben sich meine Hüften automatisch zu ihm hin.

Liam keuchte. »Ich kann nicht warten, Brooke. Du fühlst dich einfach zu gut an.«

»Fick mich!«, forderte ich und mein Körper signalisierte mir, dass er sich nicht mit weniger zufriedengeben würde.

Er zog meinen Hintern zur Kante der Arbeitsplatte und vereinigte uns, so eng es ihm möglich war.

Liam zog seinen Schwanz heraus und stieß ihn dann wieder in mich hinein. Meine Muskeln mussten sich anstrengen, um einen Mann seiner Größe aufzunehmen, doch sogar mit einem kleinen Schmerz fühlte es sich verdammt gut an.

»Ja! Fester!«, spornte ich ihn an.

»Baby, du willst es nicht so hart, wie ich es dir besorgen könnte«, sagte er mit vor Erregung bebender Stimme.

Oh doch, das will ich. Unsere Reaktion aufeinander war roh und primitiv, und ich fühlte die gleiche Lust wie er. »Fester!«, sagte ich noch einmal.

»Scheiße! Vergiss nicht, dass du darum gebeten hast«, antwortete er mit einer Entschlossenheit, bei der sich meine Muschi zusammenzog.

Ich liebte die Intensität dieses Mannes. Sie war etwas, das ich noch nie zuvor erlebt hatte, aber ich war so süchtig danach, vielleicht weil ich mich genauso verrückt fühlte wie er.

Ich hatte Schwierigkeiten zu atmen, als er mir zeigte, wie sehr wir beide außer Kontrolle geraten waren. Ich wusste, dass ich am nächsten Morgen blaue Flecke haben würde, weil er meinen Hintern so fest umklammert hielt. Doch jeder Schmerz wäre es wert, die Befriedigung von Liam zu erhalten, die ich wollte, heiß und hart.

Er stieß mit einer solchen Wucht in mich hinein, die ich niemals für möglich gehalten hätte. Ich konnte mich nur an ihm festhalten, während unsere schweißnassen Körper sich aneinander rieben und wir versuchten, unsere rohesten Bedürfnisse zu befriedigen.

Ich verlor mich in Liam und war mir ziemlich sicher, dass auch er keinen klaren Gedanken mehr fassen konnte.

»Liam!«, schrie ich, als ich spürte, wie mein Höhepunkt sich erneut näherte.

Dieses Mal war er anders und sehr viel kräftiger als noch beim ersten Mal. Als er seine Hand zwischen meine Schenkel gleiten ließ und über meine Knospe streichelte, explodierte ich.

Die Muskeln meiner Muschi schlossen sich gewaltsam um seinen Schwanz und ich hörte ihn stöhnen. »Brooke. Du fühlst dich so perfekt an, Baby.«

Er stieß noch ein weiteres Mal hinein, dann ergoss er sich unter Zucken heiß in mich.

Ich hatte keine Ahnung, wie lange wir aneinanderhingen und unsere verschwitzten Körper in so einer Art und Weise miteinander verbunden waren, dass ich nicht wusste, wo ich aufhörte und Liam begann. Mein Herzschlag beruhigte sich langsam und wir beide kamen irgendwann wieder zu Atem.

Ich lag nackt vor Liam und es machte mir nichts aus. Ich hatte ihm jedes Gefühl zu Füßen gelegt, doch in seiner festen Umarmung fühlte ich mich sicher.

»Irgendwann müssen wir uns bewegen«, sagte ich leise. Widerwillig fing er an, einen Schritt zurückzutreten.

Unfreiwillig spannte ich meine Beine an, die immer noch um ihn geschlungen waren. »Geh nicht«, bat ich und fühlte mich mit einem Mal wieder verletzlich.

Er bog sanft meine Beine auseinander und nahm mich dann von der Arbeitsplatte auf seine Arme. »Ich gehe nirgendwo hin, Süße. Ich bin hier«, erklärte er mit heiserer Stimme.

Ich legte meinen Kopf an seine Brust, erleichtert, dass er uns nicht trennen wollte. »Gut«, flüsterte ich unbeholfen. Es war ein fremder Laut, einer, den ich noch nie zuvor über meine Lippen hatte kommen hören.

»Bist du okay?«, fragte er zögernd.

Er klang, als sei er sich dessen nicht sicher, und mein Herz schmolz dahin, weil er in einem Augenblick ein besitzergreifender Alpha-Mann sein konnte, um sich dann nur wenig später in einen besorgten Liebhaber zu verwandeln.

Es war schwer, diese unmögliche Kombination nicht zu mögen. Ich lächelte zu ihm auf. »Mir ging es nie besser.«

Sein Mund verzog sich zu einem Grinsen und mein Herz setzte kurz aus, als ich das Schelmenhafte in seinen Augen erblickte. »Duschen?«, fragte er.

Unsere Blicke trafen sich und mir stockte wieder einmal der Atem. Es war offensichtlich, dass Liam unersättlich war, doch ich wusste, dass ich mit ihm mithalten konnte.

Wir hatten beinahe ein Jahr gebraucht, um an diesen Punkt zu gelangen, und ihn einmal zu kosten würde niemals ausreichend sein. »Ja bitte«, antwortete ich.

Ich wusste, dass wir beide wohl etwas unangenehm rochen, und eine Dusche klang nach einer himmlischen Idee.

Er trug mich ins Badezimmer, wo er mir zeigte, was für ungezogene Dinge man mit etwas Wasser anstellen konnte, bevor er mich ins Bett brachte.

Ich verlor den Überblick darüber, wie oft wir uns gegenseitig aufweckten, weil unsere Körper sich nach weiterer Ekstase sehnten, die wir miteinander entdeckt hatten.

Ich spürte Liam die ganze Nacht an mir.

Doch als ich am nächsten Morgen aufwachte, war er leider nicht mehr da.

Kapitel 7

LIAM

»Du siehst furchtbar aus. Ich glaube, du solltest dein Schlafpensum erhöhen.«

Ich sah Xander Sinclair an und warf ihm einen bösen Blick zu. Gut, vielleicht sah ich *wirklich* furchtbar aus, weil ich in der vergangenen Nacht nicht geschlafen hatte, aber deswegen wollte ich mir das noch lange nicht unter die Nase reiben lassen.

Ich war bereits in mieser Stimmung.

Seine Bemerkung ignorierend nahm ich einen Schluck von meinem Kaffee und hoffte, er würde helfen.

Xander war zu einem Morgenmenschen geworden, weshalb ich ihn immer öfter zur Frühstückszeit zu Gesicht bekam. Und heute stellte keine Ausnahme dar. Er war vorbeigekommen, während ich Kaffee zubereitet hatte, und einige Tassen später war er *immer noch* da.

Brooke noch vor dem Morgengrauen zurückzulassen war das Schwierigste gewesen, das ich jemals getan hatte. Mein Instinkt sagte mir, sie nie wieder gehen zu lassen, doch ich wusste, dass bei Tageslicht alles anders aussehen würde und ich mir einen Schlachtplan zurechtlegen musste.

»Erde an Liam. Bitte kehren Sie auf den Planeten zurück«, sagte Xander grinsend.

Es könnte durchaus sein, dass Xander mir besser gefallen hatte, als er noch schlecht gelaunt gewesen war. Seit er seine Frau Samantha getroffen hatte, war er mir beinahe schon zu fröhlich geworden.

Schließlich antwortete ich: »Ich habe in der vergangenen Nacht nicht viel geschlafen, aber das ist für mich ja nichts Ungewöhnliches.«

Xander schüttelte den Kopf. »Dummes Zeug. Seit eine bestimmte Kellnerin angefangen hat, für dich zu arbeiten, siehst du immer gleich aus. Heute ist es nur ein bisschen schlimmer als sonst.«

Er hatte recht. Ich konnte immerzu nur an Brooke denken und an die Tatsache, dass sie bereits einen Mann in ihrem Leben hatte. Aber das würde ich dem arroganten Idioten, der mir am Tisch gegenübersaß, ganz bestimmt nicht auf die Nase binden. »Sie reist ab«, informierte ich ihn.

Er sah mich wissend an. »Das bereitet dir also schlaflose Nächte. Was wirst du unternehmen?«

»Was *kann* ich denn unternehmen? Ihr Freund hat sich nicht in Luft aufgelöst und darüber hinaus wartet in Kalifornien eine riesige Familie auf sie.«

»Dann musst du sie dazu bringen, bleiben zu wollen, Kumpel«, riet er mir. »Leg sie flach und überzeuge sie, dass sie es in Amesport besser haben wird.«

»Das habe ich bereits«, sagte ich verärgert. »Es hat nichts geändert.«

Sex zu haben – verdammt großartigen Sex – hatte nichts weiter getan, als mich vollkommen durcheinanderzubringen. Ja, ich war gekommen. Mehrere Male. Doch anstatt zu helfen, hatte es mich nur dazu gebracht, noch mehr zu wollen. Eine Nacht mit Brooke war besser gewesen, als ich es mir in meinen feuchtesten Träumen vorgestellt hatte, doch jetzt wurde ich von der Tatsache verfolgt, dass sie zu jemand anderem zurückkehren würde.

Ich war mir nicht sicher, was ich jetzt tun sollte, und hatte keine Ahnung, wie Brooke die ganze Sache bei Tageslicht betrachten würde. Ich hatte mich heute früh wie ein Feigling aus ihrem Haus geschlichen, weil ich Angst gehabt hatte, nicht das gleiche Verlangen in ihren Augen zu sehen wie noch in der Nacht zuvor.

Sie musste Schuldgefühle haben, weil sie mit einem anderen Mann geschlafen hatte. Ich kannte sie gut genug, um zu wissen, dass sie so etwas nicht auf die leichte Schulter nahm. Ich für meinen Teil tat das jedenfalls nicht.

»Was ist passiert?« Xander sah verwirrt aus.

Ich würde mit Xander ganz bestimmt nicht über mein Sexleben sprechen. »Nichts. Wir haben miteinander geschlafen. Ende der Geschichte.«

Er sah mich misstrauisch an. »Ich denke, dass es alles verändert hat. Sie ist nicht mehr länger nur eine Fantasie.«

»Verdammt noch mal! Woher willst du wissen, worüber ich fantasiere?« Xander fing an, mir auf die Nerven zu gehen.

»Ich habe das alles selbst durchgemacht, erinnerst du dich? Sobald du einmal eine Verbindung zu der richtigen Frau hast, darfst du sie nicht gehen lassen. Ich bin mir zwar nicht sicher, dass ich Sam auch ohne diese Verbindung hätte gehen lassen können, doch mit Brooke zu schlafen hat offensichtlich einige Dinge für dich verändert.«

Ich schnaubte. »Du bist jetzt also ein Experte in Liebesdingen, ja? Nur weil du genügend Glück gehabt hast, um Sam davon zu überzeugen, dich zu heiraten?«

»Das war kein Glück«, klärte er mich auf. »Sie liebt mich.«

»Ich bin mir nicht sicher, ob ich verstehe warum«, antwortete ich mürrisch. »Du bist unfassbar nervig.«

Xander grinste. »Ach, du lässt dir doch gern Ratschläge von mir geben.«

Ich warf ihm einen bösen Blick zu und konzentrierte mich dann darauf, meinen Körper so schnell wie möglich mit Kaffee zu füllen. Ich trank den letzten Rest aus der Tasse und stand dann auf, um mir einen neuen zu holen.

»Es ist nur körperlich«, sagte ich zu ihm und wünschte mir insgeheim, nicht erwähnt zu haben, dass ich mit Brooke Sex gehabt hatte. Wenn Xander es wollte, konnte er unerbittlich sein.

»Wenn du das vor einem Jahr behauptet hättest, dann hätte ich dir gesagt, dass außer dem Körperlichen *nichts anderes* existiert. Doch jetzt bin ich mit Sam zusammen und weiß, wie es sich anfühlt, mehr zu wollen. Du musst es versuchen, Liam, oder du wirst es bereuen. Du wirst dich ewig fragen, was hätte sein können.«

»Scheiße! Glaubst du etwa, dass ich das nicht weiß? Ich will ja glauben, dass sie glücklicher wäre, wenn sie hierbliebe, aber ihr ganzes Leben befindet sich in Kalifornien.«

Xander erhob sich und stellte sich mir direkt in den Weg, als ich mich mit einer weiteren vollen Tasse Kaffee in der Hand umdrehte. »Schau mal. Ganz im Ernst, ich will nicht, dass du dir das Leben kaputt machst. Ich habe gesehen, wie du mit Brooke umgehst. Ich kann dir sagen, dass sie genauso empfindet. Ich habe ja keine Ahnung, was da zwischen ihr und ihrem Freund vor sich geht, aber du bist ihr wichtig. Du musst sie dazu bringen, bleiben zu wollen, weil dein Leben ohne sie trostlos sein wird.«

»Ich will nicht, dass sie bleibt, weil ich sie auf irgendeine Weise dazu zwinge, in Maine zu leben.« Ich wollte nur, dass Brooke blieb, weil sie hier sein wollte ... bei mir.

»Du bist hier. Sie *will* bleiben. Ich spüre, dass sie das Gleiche für dich empfindet wie du für sie. Manchmal ist es als Außenstehender einfacher, das Offensichtliche zu erkennen. Wenn du selbst in eine Sache verwickelt bist, blickst du kaum durch, weil dein Gehirn vollkommen vernebelt ist.«

Ich stellte meinen Kaffee auf der Arbeitsplatte ab und verschränkte die Arme vor der Brust. »Und was schlägst du nun also vor, du Experte?«

Eine Liebesaffäre, die gut für ihn ausgegangen war, und schon glaubte er, er habe in Sachen Liebe die Weisheit mit Löffeln gefressen? Dennoch musste ich zugeben, dass ich hoffte, sein Blick als Außenstehender auf die Situation würde stimmen.

»Lass sie wissen, wie du dich fühlst. Sie macht vermutlich gerade das Gleiche durch wie du. Das, was sie am meisten will, bist du. Lass sie wissen, dass du sie ebenfalls begehrst.«

»Ich *habe* bereits mit ihr geschlafen«, sagte ich schlecht gelaunt.

Xander zog die Augenbrauen hoch. »Dann solltest du es vielleicht noch einmal tun. Vielleicht wärst du dann nicht so verdammt miesepetrig.«

»Ich will niemanden außer Brooke«, gab ich widerwillig zu. »Seit einer langen Zeit ist mir das nicht mehr passiert und ich habe noch niemals zuvor das Gleiche für irgendeine andere Frau empfunden. Niemals.«

Ich hatte keine Augen für andere Frauen. Ich war zu besessen von meiner Angestellten und war es seit dem Tag gewesen, an dem ich sie zum ersten Mal getroffen hatte. Seit Brooke in Amesport war, hatte ich nicht ein Mal darüber nachgedacht, es mit irgendjemand anderem zu versuchen. Ich war zu sehr mit ihr beschäftigt.

Xander zuckte mit den Schultern. »Dann sorgst du wohl besser dafür, dass sie bald zu dir gehört. Lade sie zu einer echten Verabredung ein, gib ihr zu verstehen, dass du es ernst mit ihr meinst. Du *willst* doch eine Beziehung mit ihr, nicht wahr?«

Ich hatte nie wirklich darüber nachgedacht, was ich wollte. Brooke war für mich immer so unerreichbar gewesen, dass ich keine Zeit damit verschwendet hatte, mir über die hypothetischen Möglichkeiten den Kopf zu zerbrechen. »Ja, das will ich«, sagte ich schließlich leise. »Ich habe mir darüber nie Gedanken gemacht, weil sie für mich immer vollkommen tabu gewesen war.«

»Meine Güte, Liam, du bist ein netter Kerl, aber langsam fange ich an, deinen Verstand anzuzweifeln.«

»Wenn Brooke in meiner Nähe ist, habe ich nicht sehr viele vernünftige Gedanken.«

»Das ist mir auch schon aufgefallen«, gab Xander zurück. »Und ich verstehe es. Sie bringt dich vollkommen durcheinander. Ich kenne das ja selbst. Aber sie tut das nicht mit Absicht. Brooke ist sich vermutlich unsicher darüber, was du von ihr willst. An einem Tag ist sie tabu, am nächsten schläfst du mit ihr. Schau mal, ich bin mir sicher, dass sie sich glücklich schätzen könnte, einen Mann wie dich zu haben. Du bist doch eigentlich ein schlauer Kerl – außer im Augenblick. Ich weiß, dass du treu sein würdest. Du verdienst ziemlich gut und meine Frau ist der Meinung, dass du gut aussiehst. Ich kann dazu nichts sagen, weil ich nicht auf Männer stehe, aber dein bester Freund ist ein ehemaliger Rockstar. Damit musst du einfach punkten«, sagte er scherzhaft.

Ich warf Xander einen ungeduldigen Blick zu. »Du warst genauso am Boden wie ich, und das weißt du.«

»Vermutlich noch mehr«, stimmte Xander zu.

Ich hob meine Hand. Ich wollte nicht über Xanders persönliche Vergangenheit sprechen, jetzt, da er sein Leben endlich wieder im Griff hatte. »Ich kann mich nicht entscheiden, ob ich sie in Ruhe lassen soll, damit sie nach Hause zurückkehren kann, oder ob ich versuchen soll, sie davon zu überzeugen, dass sie mich in ihrem Leben braucht.«

»Denk darüber nach, wie du dich fühlen würdest, wenn du sie niemals wiedersähest. Dann würdest du dich aber ganz schnell entscheiden. Du hast nur sehr wenig Zeit, Liam.«

Ich fuhr mir frustriert mit der Hand durchs Haar. »Du hast recht. Ich kann sie auf keinen Fall gehen lassen, ohne um sie zu kämpfen.«

Xander ging zur Tür. »Halte an diesem Gedanken fest und denke an nichts anderes. Ich habe gesehen, wie verdammt stur du sein kannst, wenn du es willst.«

Es gab Momente, in denen wollte ich Xander eine reinhauen, und jetzt war solch ein Augenblick. Das Problem war nur, dass er recht hatte und ich das wusste.

Ich hätte Brooke heute Morgen nicht zurücklassen sollen.

Ich hätte ihr keine Zeit geben sollen, über das nachzudenken, was passiert war, und sich dann schuldig zu fühlen.

Ich hätte bleiben und sie davon überzeugen sollen, mit ihrem Freund Schluss zu machen. Ich sah Xander nach, der, ohne ein weiteres Wort zu sagen, durch die Küchentür trat, die ins Freie führte, und verschwand.

Ich *hatte* mich unklug verhalten und vielleicht war sie *wirklich* verwirrt, weil sie nicht verstand, was ich wollte. Es hatte Momente gegeben, in denen ich sie mit Absicht auf Abstand gehalten hatte, und dann änderte ich plötzlich meine Meinung und zeigte ihr, dass ich sie wollte.

Bevor ich um Brooke kämpfen konnte, musste ich jedoch aufhören, mich selbst zu bekämpfen.

Wem machte ich mit meinem Blödsinn denn überhaupt etwas vor? Ich würde alles tun, um sie in Amesport zu halten, damit wir zusammen sein könnten. Ich war mir einfach nur überhaupt nicht sicher, was *sie* wollte.

Ich wusste, dass der eine Satz, den Xander gesagt hatte, die Wahrheit war: Wenn ich es nicht versuchte, würde ich es bereuen.

Ich würde mich immer fragen, was passiert wäre, wenn ich ehrlich zu ihr gewesen wäre.

Aber zuerst musste sie sich einverstanden erklären, mit ihrem Freund Schluss zu machen. Meine Konkurrenz auszuschalten war meine Priorität.

Ich nahm meinen Kaffee von der Arbeitsplatte und setzte mich an den Tisch. Ich musste endlich wach werden, um später am Vormittag ins Restaurant zu gehen.

Brooke hatte heute frei, also würde ich sie nur sehen, wenn ich mir die Mühe machte, sie aufzusuchen.

Ich griff mir mein Mobiltelefon vom Tisch und hoffte sehr, dass Tessa später Zeit haben würde, um für mich einzuspringen.

BROOKE

»Ich kann es kaum erwarten, dich zu sehen«, sagte Jade aufgeregt. »Ich habe dich so sehr vermisst.«

»Nächste Woche bin ich wieder zu Hause«, erinnerte ich sie und versuchte, so ruhig wie möglich zu klingen, damit sie nicht bemerkte, dass es mir wehtat.

Jade konnte Dinge erspüren, ganz genau wie es mir auffiel, wenn etwas mit ihr nicht stimmte. Unsere Zwillingsverbindung war ziemlich stark, auch wenn wir nicht eineiig waren.

Ich war morgens vollkommen deprimiert aufgewacht und dieses Gefühl war nicht verschwunden. Ich hatte keine Ahnung, warum Liam gegangen war oder wann er sich aus der Wohnung geschlichen hatte, aber es traf mich wie ein Schlag ins Gesicht, dass er mir nicht einmal eine Nachricht hinterlassen hatte.

Aber klar, er dachte ja immer noch, dass ich einen Freund hätte!

»Ich weiß«, antwortete sie. »Ich bin nur froh, dass du endlich zurückkommen kannst.«

Ich wollte sie unbedingt sehen. »Ich sage dir Bescheid, wenn ich ankomme. Evan leiht mir sein Flugzeug. Ich freue mich auch schon sehr auf dich. Mir kommt es vor wie eine Ewigkeit.«

Jade und ich waren noch nie so lange voneinander getrennt gewesen und es brachte mich um den Verstand, dass ich nicht mit ihr reden konnte. Sicher, wir telefonierten miteinander, doch das war nicht das Gleiche. Wie waren Schwestern, Zwillinge, und vom Einkaufen bis hin zum Mädelsabend taten wir alles gemeinsam. Sie war immer schon meine beste Freundin gewesen.

Vielleicht hatte ich wirklich etwas Zeit für mich gebraucht. Als ich nach Amesport gekommen war, hatte ich den Schmerz und die Angst nicht beschreiben können, die ich hatte durchmachen müssen. Und ich hatte nicht reden wollen. Jetzt konnte ich es nicht mehr abwarten, meine Familie zu sehen.

»Ich bin schon ganz neugierig zu hören, was du fast ein ganzes Jahr lang gemacht hast. Ich habe so viel von Amesport gehört, dass ich es mir gern selbst anschauen würde.«

»Hier passiert nicht gerade besonders viel«, warnte ich sie. »Bis zum Sommer ist es ziemlich ruhig.«

»Das ist mir egal. Ich muss dich einfach nur ganz dringend sehen. Ich muss wissen, dass es dir auch wirklich gut geht.«

»Mir geht es gut. Besser«, versicherte ich ihr.

Mein Bauchgefühl sagte mir, dass mit Jade irgendetwas nicht stimmte, doch ich konnte nicht genau sagen, was es war. »Wie kommst du mit deinem Projekt voran?«

Bevor ich gegangen war, hatte Jade als Teil ihrer Abschlussarbeit an einem Projekt für Tierartenschutz gearbeitet.

»Den schriftlichen Teil habe ich fertig«, sagte sie.

»Das ist ja großartig!«, entgegnete ich erfreut.

»Es ist eine Erleichterung«, gestand sie.

»Ich dachte, dir gefällt deine Arbeit?«, sagte ich, denn ich fand es merkwürdig, dass meine Schwester sich nicht über die Tatsache freute, dass sie endlich ihren Abschluss geschafft hatte und Vollzeit als Wildbiologin arbeiten konnte.

»Tut sie ja auch«, antwortete sie ausweichend. »Aber ich bin froh, dass es vorbei ist.«

»Unterrichtest du immer noch?«, fragte ich.

Zusätzlich zu ihrem Studium der Wildbiologie war Jade eine Expertin für das Überleben in der Wildnis. Sie hatte sich vor einigen Jahren von ihrem Studentenstatus zur Ausbilderin hochgearbeitet.

»Nicht so viel, wie ich gern möchte, aber ich drehe in der Zukunft vielleicht eine Fernsehserie. Die Produzenten dieser Sendung, die sich mit Überlebenskünstlern beschäftigt, haben mich gefragt, ob ich Interesse hätte, bei dieser Reihe mitzumachen.«

»Jade!«, rief ich. »Das wäre fantastisch!« Ich freute mich so sehr für sie. Sie liebte ihre Arbeit als Wissenschaftlerin, doch das Überlebenstraining war ihr genauso wichtig, auch wenn sie es nur als Hobby ausübte.

Sie seufzte. »Ich bin mir nicht sicher, ob ich es machen soll. Wer weiß schon, was für komisches Zeug die sich beim Fernsehen ausdenken.«

»Du *musst* da mitmachen«, sagte ich. »Wenn es nicht das ist, was du dir darunter vorgestellt hast, kannst du immer noch abspringen.«

»Kann sein.«

»Kontaktiere die Produktionsfirma. Bitte. Ich bin der Meinung, dass du perfekt dafür geeignet bist.« Ich kannte niemanden, der so begabt war wie meine Schwester.

»Ich werde darüber nachdenken. Aber du weißt ja, wie diese Sendung aufgebaut ist. Wenn mir ein schlechter Partner zugewiesen wird, bin ich erledigt.«

Meine Schwester und ich hatten jede Folge dieser Sendung gesehen. Ich wusste, dass es extrem wichtig war, den richtigen Gefährten zu haben. »Vielleicht stellen sie dir ja einen heißen Typen an die Seite«, scherzte ich.

»Es ist wohl eher wahrscheinlich, dass ich einen Möchtegern-Überlebenskünstler bekomme, der alles besser weiß. Du weißt doch selbst, wie viele von dieser Sorte immer dabei sind. Typen, die gern im Wald herumlaufen, aber keinen blassen Schimmer haben, wie man in der Wildnis überlebt.«

Ich war mir ziemlich sicher, dass die wenigsten Menschen ihr Talent so ernst nahmen wie meine Schwester, aber ich wollte, dass sie es wenigstens versuchte. »Vielleicht hast du ja Glück.«

Sie schnaubte. »Das bezweifele ich. Weil die Sendung so erfolgreich ist, bewerben sich viele Zuschauer, die es nicht wirklich interessiert, warum sie mitmachen. Ich tue es, weil ich diese Verbindung zu meinen Vorfahren erleben will. Ich will wissen, wie es sich für sie angefühlt hat, in einer Welt ohne Mobiltelefone, das Internet und all die anderen Dinge, die wir täglich so selbstverständlich benutzen, zu leben.«

»Dann zeig ihnen, was in dir steckt«, riet ich ihr.

»Wie schon gesagt, ich werde darüber nachdenken.«

»Ist alles okay mit dir?«, fragte ich. Es sah Jade nicht ähnlich, vor irgendetwas zurückzuschrecken.

»Mir geht es gut«, sagte sie. »Vielleicht fehlst du mir einfach nur.«

»Du fehlst mir auch«, gestand ich. »Wie geht es denn dem Rest der Familie? Was macht Owen?«

Mein jüngster Bruder war hochbegabt. Er war kaum fünfundzwanzig und hatte bereits sein Medizinstudium beendet. Momentan absolvierte er seine Facharztausbildung.

»Er brilliert, so wie er es immer tut. Über Weihnachten ist er zwar zu Hause gewesen, doch er war so still. Ich habe versucht, mit ihm zu reden, aber er wollte einfach nicht mit der Sprache herausrücken, was ihn bedrückt«, erzählte Jade. »Er hat nur erwähnt, dass es ihm immer noch schwerfällt, mit dem menschlichen Leiden umzugehen. Aber er ist gut. Er wird einmal ein fantastischer Arzt werden.«

»Ich kann es mir gut vorstellen. Owen war immer schon der Einfühlsamste der Familie. Er ist zwar unheimlich klug, aber er trägt sein Herz auf der Zunge.«

»Ich weiß«, stimmte Jade zu. »Trotzdem hoffe ich, dass er sich niemals ändert.«

Ich wollte wirklich nicht, dass mein Bruder sich wegen seines Berufes veränderte. Ich konnte immer darauf zählen, dass er von uns allen der Vernünftige war.

»Geht es allen anderen gut?«, bohrte ich nach.

»Wenn du wissen willst, ob unsere drei älteren Brüder in Ordnung sind, dann kann ich dir mitteilen, dass sie immer noch unglaublich nervig sind. Aber bis jetzt sind sie alle gesund. Allerdings nur, bis ich ihnen den Hals umdrehe, weil sie wieder einmal versucht haben, sich in meine Privatsachen einzumischen.«

Ich lachte, denn ich wusste, dass Jade ebenso gut austeilen wie einstecken konnte. Sie hatte kein Problem damit, Noah, Seth und Aiden zurechtzuweisen, wenn sie ihre Nase in anderer Leute Angelegenheiten steckten.

Leider taten sie das so gut wie immer.

»Versuch, sie auf Abstand zu halten«, riet ich ihr. »Ich bin mir sicher, dass sie jede Menge brüderliche Ratschläge für mich haben werden, wenn ich erst wieder zu Hause bin.«

Ich seufzte. Ich hatte mit allen meinen Brüdern ziemlich oft telefoniert und sie hatten mich jedes Mal mit ihrem Rat überschüttet.

»Sie machen sich Sorgen um dich, Brooke. Das tun wir alle«, sagte Jade ernst.

Ich seufzte noch einmal. »Ich weiß. Aber ich komme nach Hause und es geht mir besser. Ich hoffe, alles wird wieder ganz normal werden. Es war ein langes Jahr.«

»Wie wirst du es verkraften, deinen scharfen Chef zu verlassen?«, zog sie mich auf.

Ich hatte Jade von Liam erzählt und dass ich Gefühle für ihn hatte. Sie war der einzige Mensch, mit dem ich über meinen sündhaft attraktiven Vorgesetzten sprechen konnte.

»Ich weiß es nicht«, antwortete ich aufrichtig. »Vielleicht ist es ja gut, dass ich gehe.«

»Brooke! Ich kenne diesen Ton. Du verschweigst mir doch etwas. Du hast mit ihm geschlafen, nicht wahr?«

Meine Güte, manchmal hasste ich es, mich so gut mit meiner Schwester zu verstehen. »Ja, habe ich.«

»Na los! Ich will alles wissen.«

Ich erzählte ihr die Kurzversion dessen, was mit Liam passiert war. Ich würde meiner Schwester jedoch nicht sagen, dass Liam meine Welt vollkommen auf den Kopf gestellt hatte und ich nie wieder die

Alte sein würde. Sie würde versuchen, mich davon zu überzeugen, ihn zu heiraten.

»Dann willst du also einfach so gehen?«, fragte Jade. »Wie kannst du das tun, wenn du deinen Traummann gefunden hast?«

»Du bist so eine Romantikerin«, sagte ich.

»Das bin ich nicht. Ich weiß, dass nicht jeder bis an sein Lebensende glücklich ist. Aber du hast dich nicht mit weniger zufriedengegeben, als du verdienst. Du hast gewartet, bis du ihn gefunden hast.«

Ich rollte mit den Augen. Meine Schwester konnte beim Thema Beziehungen manchmal etwas dramatisch sein, was mir etwas merkwürdig vorkam. Jade war in den meisten anderen Bereichen ihres Lebens sehr pragmatisch, wenn es jedoch darum ging, den richtigen Mann zu finden, war sie etwas extrem.

»Er ist nicht *der Eine*«, sagte ich und wusste gleichzeitig, dass ich log. Liam war der richtige Mann, aber die Umstände ließen eine Beziehung nicht zu.

»Das glaube ich dir nicht«, sagte sie. »Was ist los?«

»Er denkt, dass ich einen Freund habe, erinnerst du dich denn nicht?«

»Du hast ihm nicht gesagt, dass es Noah war?«

»Nein. Er wird mich dafür hassen, dass ich gelogen habe.«

»Brooke, du *musst* es ihm jetzt sagen. Du hast mit ihm geschlafen. Willst du ihn wirklich in dem Glauben lassen, dass er mit einer vergebenen Frau Sex gehabt hat?«

Ich musste zugeben, dass ich nicht wirklich darüber nachgedacht hatte, wie Liam sich fühlen würde. Ich war zu beschäftigt damit gewesen, mich vor dem Mann zu schützen, der mich dazu brachte, vollkommen den Verstand zu verlieren. »Es ist vermutlich besser, dass er das denkt. Die Alternative ist zu wissen, dass ich ihn angelogen habe. Er hasst Lügner.«

»Du hattest keine andere Wahl«, widersprach sie. »Er wird es dir nicht übel nehmen. Wenn dieser Mann alles das ist, was du denkst, dann würde er auf gar keinen Fall *nicht* die Wahrheit wissen wollen.«

Jade hatte vermutlich recht, doch ich wollte die Dinge zwischen Liam und mir in den kommenden zwei Wochen nicht noch komplizierter machen. »Wir werden sehen«, sagte ich ausweichend. »Es hängt davon ab, wie es zwischen uns läuft, wenn ich ihn sehe. Seit wir miteinander geschlafen haben, habe ich ihn nicht mehr gesehen.«

»Oh mein Gott! Es ist gerade erst passiert, nicht wahr?«

»Letzte Nacht«, bestätigte ich, denn ich wusste, dass es keinen Zweck hatte, Jade irgendetwas verschweigen zu wollen. Sie würde mich so lange löchern, bis ich es ihr erzählte.

»Bitte kläre dieses Missverständnis auf«, flehte sie mich an. »Du solltest ihm die Wahrheit sagen. Wenn er ein guter Mann ist, dann wird er verstehen, warum du gelogen hast. Er weiß bereits, dass du aus einem bestimmten Grund dort bist. Er muss herausgefunden haben, dass du verstecken musstest, wer du bist, und warum du nach Amesport gekommen bist.«

»Ich habe ihm niemals erzählt warum.«

»Erkläre ihm einfach, was passiert ist. Verdammt, du bist durch die Hölle gegangen! Jetzt, da du nach Hause zurückkehrst, hast du keinen Grund mehr, irgendetwas zu verstecken.«

Jade hatte recht. Ich konnte Liam alles sagen. »Ich habe Angst«, gestand ich.

»Du hast keinen Grund dazu. Deine Gedanken spielen dir einfach nur einen Streich. Du hast sehr viel durchmachen müssen«, sagte sie tröstend. »Denkst du nicht, dass du zumindest versuchen solltest, ihn wissen zu lassen, dass er dir wichtig ist? Dass du ihn wirklich nicht hattest anlügen wollen?«

»Was, wenn er es nicht versteht, Jade?«, fragte ich.

»Dann ist er ein Arschloch«, antwortete sie. »Er verdient dich nicht.«

»Was, wenn es von Anfang an nur darum gegangen war, mit mir zu schlafen? Eine verrückte, rein körperliche Sache?«

»Dann ist er immer noch ein Arschloch.«

Ich lachte. »Ich weiß nicht, was er will. Ich bin verwirrt.«

»Glaubst du, er ist das nicht? Er ist in dem Glauben, dass du bereits mit jemandem zusammen bist, was dich zu einer Betrügerin machen würde. Alles ist besser als das. Sogar eine Lügnerin zu sein.«

Wir sprachen über einige andere Themen, doch was Jade gesagt hatte, wollte mir einfach nicht aus dem Kopf gehen. Würde Liam es besser aufnehmen, dass ich gelogen hatte? Diese Sache mit dem Freund hatte ihn immer auf Abstand gehalten.

Was würde passieren, wenn ihm niemand im Weg stünde? Würde er anders sein?

Nachdem Jade und ich aufgelegt hatten, dachte ich immer noch darüber nach, was ich tun sollte. Sollte ich das Risiko eingehen und ihm die Wahrheit sagen oder mein Herz beschützen, damit es nicht in tausend Stücke zerbrach, wenn ich mich von ihm verabschieden musste?

Kapitel 9

BROOKE

Später am selben Tag lag ich gemütlich auf dem Sofa und las ein Buch über Investitionen, als jemand an meine Tür klopfte. Ich warf das Buch zur Seite. Ich hatte sowieso kein Geld zum Investieren, aber ich hielt mich gern über Neuigkeiten in der Finanzwelt auf dem Laufenden.

Ich stand auf und fragte mich, wer um acht Uhr abends wohl an meine Tür klopfen würde.

Ich öffnete die Tür und erstarrte, als ich Liam auf dem Absatz stehen sah.

Den ganzen Tag hatte ich kein Wort von ihm gehört und meine Unsicherheit hatte mich ganz durcheinandergebracht.

War er mit mir fertig, nachdem wir miteinander geschlafen hatten?

Wenn er dachte, dass ich fremdgehen würde, war ich vielleicht nur ein weiterer One-Night-Stand für ihn, eine Art und Weise, die sexuelle Spannung loszuwerden, die ständig zwischen uns herrschte.

»Ich dachte, du würdest arbeiten«, sagte ich und versuchte, die Tatsache zu ignorieren, dass er in seiner dunkelblauen Jeans und dem schwarzen Pullover zum Anbeißen aussah.

Ich hatte nicht gewusst, dass Liam Pullover trug, aber er stand ihm gut. Er war die Art Mann, der einen Pulli richtig sexy aussehen lassen konnte. Eigentlich wusste ich außerhalb des Restaurants nicht sehr viel über ihn. Die einzigen Sachen, die ich ihn jemals hatte tragen sehen, waren Jeans und T-Shirt gewesen.

Er betrat die Wohnung und ging ins Wohnzimmer, das nur wenige Schritte entfernt war. Mein Zuhause war relativ klein.

»Du musst mit deinem reichen Freund Schluss machen«, kam er ohne Umschweife sofort zur Sache. »Es stellt eine Grenze dar, die ich nicht überschreiten werde.«

Ich schluckte schwer, als ich die Tür schloss und ihn ansah. Sein Gesichtsausdruck war so angespannt, dass ich nicht antworten konnte.

Er fuhr fort: »Für den Rest deiner Zeit hier in Amesport sind wir ein Paar. Wir treffen uns an einem anderen Ort als dem *Sullivan's*. Normales Zeug eben. Zwischen uns war es nie normal, Brooke.«

Ich zog eine Augenbraue hoch und fragte mich, was er wohl vorhatte, doch mein Herz hämmerte regelrecht in meiner Brust, als ich ihn ansah.

»Ich kann dich überall dort hinbringen, wo du hinwillst. Verdammt, wir können die ganze Welt umfliegen. Du weißt ja, ich bin nicht gerade arm. Ich bin vielleicht nur ein Millionär, aber ich habe viele Millionen. Im Vergleich zu der Vielzahl an Milliardären in dieser Stadt schneide ich vielleicht nicht sehr gut ab, aber selbst wenn ich keinen einzigen Tag mehr arbeiten und das Geld mit beiden Händen nur so zum Fenster hinauswerfen würde, hätte ich immer noch genügend übrig, um es zu verschleudern.«

Es stimmte. Liam besaß einen neunstelligen Betrag, aufgeteilt auf seine Geldmärkte, Investitionen und Bankkonten. Ich hatte seine Steuererklärung gemacht. Ich wusste, dass er reich war. Aber was hatte das mit uns zu tun?

»Ich will kein Geld«, sagte ich mit zitternder Stimme.

Er trat an mich heran, bis er direkt vor mir stand. »Was willst du dann, Brooke? Sag es mir und ich werde dafür sorgen, dass du es bekommst. Ich habe nur eine Bedingung, und zwar dass du mit diesem anderen Kerl Schluss machen musst. Du liebst ihn nicht. Ich kenne dich gut genug, um zu sehen, dass du niemals mit mir geschlafen hättest, wenn du in jemand anderen verliebt wärst. Bei Gott, ich wollte dich als jemanden abschreiben, der fremdgeht, doch es steckt noch mehr dahinter. Ich weiß es. Ich kann keine Gefühle für eine Frau haben, die andere betrügt.«

Ich sog die Luft scharf ein, denn meine Lunge sehnte sich nach Sauerstoff. »Hast du Gefühle für mich?«, fragte ich vorsichtig.

Frustriert fuhr er sich mit der Hand durchs Haar. »Ja, die habe ich. Ich habe keine Lust mehr auf diesen Mist.«

In diesem Moment sah Liam so verletzlich aus, dass ich mich in seine Arme werfen und irgendetwas tun wollte, um alles gut werden zu lassen. Aber da ich der Grund für seine Qualen war, bewegte ich mich nicht.

Er hatte mich *nicht* einfach fallen gelassen, nachdem er Sex mit mir gehabt hatte. Ich kannte Liam, er hatte offensichtlich den ganzen Tag darüber nachgegrübelt, was passiert war ... genau wie ich.

»Du bist nicht im Restaurant«, sagte ich, ohne zu bemerken, dass meine Aussage nicht gerade brillant war. Offensichtlich war er *nicht* im *Sullivan's*. Er stand schließlich direkt vor mir.

»Tessa ist dort«, brummte er. »Wenn du mit meinen Bedingungen einverstanden bist, wird sie noch sehr viel öfter für mich einspringen und ich werde jemanden finden, der deine Schichten übernimmt, damit wir etwas Zeit miteinander verbringen können.«

Ich wusste, dass ich meinen Mund schließen und aufhören musste, ihn anzustarren, aber ich war mir nicht sicher, wie ich das schaffen sollte.

Er wollte ... mit mir zusammen sein? Wir hatten doch bereits Sex gehabt. »Wir haben miteinander geschlafen«, sagte ich und fühlte mich noch immer, als ob alles, was gerade passierte, vollkommen unwirklich wäre.

Ich hatte noch nie erlebt, dass Liam sich so verhalten hatte, und ich war mehr als nur ein klein wenig überrascht. Kurz gesagt ... er hatte Gefühle für mich und das war schwer zu begreifen.

Obwohl ich angeblich meinen Freund mit ihm betrogen hatte, wollte er immer noch mit mir ausgehen und eine Art normale Beziehung führen.

Mist! Ich musste ihm die Wahrheit sagen, das war ich ihm schuldig.

»Ich habe keinen Freund«, platzte ich heraus, weil ich mich einfach nicht länger zurückhalten konnte. Er hatte alles auf eine Karte gesetzt, um hierherzukommen. Ich musste ebenfalls ehrlich zu ihm sein.

Seine Augen schossen zu meinem Gesicht. »Was meinst du damit?«

Ich ging an ihm vorbei und setzte mich aufs Sofa, damit ich etwas Festes unter mir spüren konnte. »Der Mann, mit dem du mich gesehen hast, war mein ältester Bruder Noah. Er war zu Besuch gekommen, um zu sehen, wie es mir geht. Das Flugzeug, mit dem er gekommen war, gehört Evan Sinclair.«

Es war eine Erleichterung, die Worte aus meinem Mund heraus zu zwingen, dennoch war ich immer noch nervös.

»Warum hast du mir dann gesagt, dass er dein reicher Freund ist?«, fragte er verwirrt.

Ich knetete unsicher meine Finger. »Um eines vorwegzunehmen, meine Familie ist nicht reich. Unser gesamtes Leben haben wir in Armut verbracht. Wir legen immer noch alle zusammen, damit mein jüngster Bruder Owen seine Facharztausbildung abschließen kann. Darüber hinaus habe ich dir nie gesagt, dass Noah mein reicher Freund ist. Das war eine Annahme von dir. Ich habe deiner Vermutung nur nicht widersprochen. Das konnte ich nicht. Wenn ich es getan hätte, wären nur noch mehr Fragen aufgekommen, die ich nicht hätte beantworten können. Ich habe mich versteckt, Liam. Und ich hatte Angst. Außerdem hatte ich Evan und Noah versprochen, nichts zu sagen. Ich konnte dieses Versprechen nicht brechen. Die beiden haben so viel getan, um mir zu helfen und mich zu beschützen.«

Liams Gesicht war wie versteinert und seine Emotionen schwer zu entziffern, doch schließlich fragte er: »Es hat also nie einen anderen Mann gegeben?«

Ich schüttelte den Kopf. »Nein. Du hast recht gehabt. Ich könnte niemals mit jemandem schlafen, wenn ich bereits mit einem anderen Mann zusammen wäre. Ich würde die Beziehung zuerst beenden müssen.«

Ich war erfreut und gleichzeitig verängstigt, dass Liam mich so weit hatte durchschauen können, ohne wirklich zu wissen, wer ich war.

»Ich kann nicht sagen, dass ich nicht erleichtert bin, aber ich wünschte, du wärst ehrlich zu mir gewesen«, brummte er.

»Ich wollte ehrlich sein. Ich wollte es dir so oft sagen. Ich habe dir vertraut, Liam. Aber ich habe ein Versprechen gegeben, das ich nicht brechen konnte.« Ich blickte ihn weiterhin an, denn ich wollte, dass er die Wahrheit in meinen Augen erkannte.

Er hielt eine Hand hoch. »Nein, Brooke. Es muss dir nicht leidtun. Ich verstehe, dass du das getan hast, von dem du dachtest, dass du es tun musstest.«

»Aber es braucht mir trotzdem nicht zu gefallen«, entgegnete ich traurig. »Das letzte Jahr war schwierig für mich.«

»Aber es ist vorbei«, sagte er. »Jetzt muss ich dich nur noch dazu überreden, endlich mit mir auszugehen. Lass uns etwas Zeit miteinander verbringen, Brooke. Kein Druck. Wir wissen beide, dass das, was letzte Nacht passiert ist, nicht jeden Tag vorkommt. Verdammt, ich bin fünfunddreißig Jahre alt und habe mich noch niemals zuvor so gefühlt.«

»Mir ist so etwas auch noch nie passiert«, gestand ich.

»Wollen wir das Ganze wirklich vergessen?«, fragte er heiser.

Der Blick aus seinen grünen Augen war unruhig und ich konnte mich nicht zurückhalten, ein weiteres Risiko einzugehen und ihm alles zu gestehen. »Nein. Ich hatte es nie ignorieren wollen und ich war mir auch bewusst, dass vom ersten Moment an eine Verbindung zwischen uns bestanden hat. Ich konnte einfach nur … nicht ich selbst sein.«

Er schüttelte den Kopf. »Das spielt keine Rolle. Ich habe dein Innerstes gesehen.«

Mein Herz machte einen Hüpfer. »Ich weiß.« Ich hielt inne, bevor ich fragte: »Wie soll es jetzt mit uns weitergehen, Liam? Ich habe keine Ahnung.«

»Wir werden Spaß miteinander haben. Uns alles erzählen, ganz egal wie wichtig oder unwichtig. Das ist es doch, was Menschen machen, wenn sie zusammen sind, oder? Aber ich hoffe, ich kann dich davon überzeugen zu bleiben«, warnte er mich. »Ich will, dass dir das von Anfang an klar ist.«

Mein Herz steckte in meinem Hals fest und ich konnte nicht sprechen. Keinen Mann hatte es jemals interessiert, ob ich bei ihm blieb oder nicht. Auf dem College hatte ich Affären gehabt. Aber aus keiner von ihnen war jemals eine ernsthafte Beziehung geworden. »Ich hatte noch nie eine richtige Beziehung mit jemandem«, gestand ich.

Er grinste mich an. »Ich kann das von mir ebenfalls nicht behaupten. Aber wir können einfach spontan sehen, wo das mit uns beiden hinführt.«

Ich lächelte ihn an und versuchte, die Tränen weg zu blinzeln, die nur deswegen aus meinen Augen kullern wollten, weil ich ihm wichtig war. »Einverstanden.«

Er nahm mich auf seine Arme und drehte sich mit mir im Kreis durch das Wohnzimmer. »Du hast mich gerade zu einem sehr glücklichen Mann gemacht, Brooke. Und das ist wirklich nicht einfach.«

Ich lachte, als er mich wieder auf dem Boden absetzte. Unter Liams harter Schale verbarg sich so viel mehr. Vielleicht war es etwas furchteinflößend, aber genau wie er mich gesehen hatte, so hatte ich ihn auch gesehen. Ich hatte mich vom ersten Tag an zu ihm hingezogen gefühlt.

»Ich glaube, mir gefällt es, dich glücklich zu machen«, sagte ich und schlang meine Arme um seinen Hals.

Seine Augen wurden noch grüner. »Oh Gott! Ich liebe deinen Geruch! Wie süße Vanille.«

»Das ist nur meine Bodylotion. Ich habe vorhin ein Bad genommen.« Ich benutzte seit Jahren dieselbe Creme und niemand hatte jemals eine Bemerkung über den Geruch gemacht. Er war so unauffällig, dass ich dachte, Liam musste der einzige Mensch sein, der ihn wahrnahm.

»Du riechst beinahe wie Zuckerplätzchen«, sagte er.

»Vanille und Zucker«, bestätigte ich.

»Gut genug zum Essen. Habe ich dir jemals gesagt, dass das meine Lieblingsplätzchen sind?«

Ich versuchte, in meinen schmutzigen Gedanken keine Bilder davon aufkommen zu lassen, wie Liam mich verwöhnte.

Ich schüttelte langsam den Kopf. »Das wusste ich nicht.«

Er beugte sich hinunter und gab mir einen Kuss. Als er mich endlich wieder freigab, war ich atemlos.

Er ließ mich los und ging nervös im Wohnzimmer umher. »Mist! Brooke, ich habe mir geschworen, nicht noch einmal mit dir zu schlafen, bis wir wirklich zusammen wären. In der letzten Nacht haben wir voreilig gehandelt. Ich bereue es nicht. Aber jetzt will ich einfach nur mit dir zusammen sein. Ich will alles über dich erfahren. Es ist nur nicht ganz einfach, weil mein Schwanz ständig steif wird, wenn ich dich nur sehe.«

Ich lächelte ihn an. »Das möchte ich auch.«

Es war nicht so, als wollte ich keinen Sex mit ihm. Das Verlangen würde immer da sein. Aber ich wusste auch, dass ihn so viel mehr Dinge ausmachten als nur ein spektakulärer Körper und ein hübsches Gesicht.

»Dann lass es uns tun«, sagte er entschlossen.

»Sex haben?«, neckte ich ihn.

Er warf mir einen strafenden Blick zu. »Du wirst mir helfen müssen.«

»Ich bin mir nicht sicher, ob ich eine große Hilfe bin«, scherzte ich. »Ich will ja eigentlich auch die ganze Zeit nichts anderes, als von dir gevögelt zu werden.«

Sein Mund verzog sich zu einem fröhlichen Grinsen. »Zum Glück muss ich zurück ins Restaurant. Ich habe Tessa versprochen, zuzuschließen und die Abrechnung zu machen. Aber sie wird mir eine Zeit lang aushelfen und du wirst einige freie Abende haben.«

»Arbeite ich morgen noch?«

Er kam wieder auf mich zu und fasste mich am Kinn. »Ja, du Klugscheißerin. Du arbeitest. Aber danach verspreche ich gar nichts. Ich werde den Dienstplan ändern.«

Ihm in die Augen zu sehen, wo wir so dicht beieinanderstanden, war intensiv. Mein Körper sehnte sich nach ihm, aber ich versuchte, das zu ignorieren. Ich wollte ihn *wirklich* kennenlernen. Wenn mein Körper jedoch seinen Willen bekäme, dann würde ich das Schlafzimmer niemals verlassen.

»Es tut mir leid«, murmelte ich und mein Herz zog sich in meiner Brust zusammen, weil ich ihn angelogen hatte.

Er legte einen Finger auf meine Lippen. »Nein. Es war nicht nur deine Schuld. Ich weiß zwar nicht, was genau passiert ist, aber ich werde warten, bis du es mir erzählen willst. In der Zwischenzeit reicht es mir schon, dass du nichts mit einem anderen Mann hast.«

Ich stieß einen Seufzer aus, als er seinen Finger wegnahm und mich küsste. Es war nur ein kurzer Kuss, doch er war so unheimlich süß.

»Bis morgen«, sagte er leise und ließ mich los.

Als ich ihn zur Tür brachte, wusste ich, dass ich auch in dieser Nacht vermutlich sehr wenig Schlaf bekommen würde.

Kapitel 10

BROOKE

In der nächsten Woche verbrachten Liam und ich sehr viel Zeit miteinander. Wir hatten einige Schichten gearbeitet, den Großteil der Zeit verbrachten wir jedoch abseits des Restaurants.

Während dieser Tage fand ich heraus, dass Liam Essen genauso sehr liebte wie ich.

Er hatte mich zum Abendessen mit Evan und Miranda begleitet.

Und ich war mit ihm zu Xander und Samantha gegangen. Wir hatten ein fantastisches Mahl in Boston gehabt, weil Liam darauf schwor, dass alle Restaurants dort *besser* seien. Das *Sullivan's* servierte einige wirklich großartige Gerichte. Aber die Restaurants selbst waren definitiv *schicker*.

Weil ich in ärmlichen Verhältnissen aufgewachsen war, hatten wir immer das gegessen, was wir uns leisten konnten. Das war meistens eine Art Eintopf gewesen, in den wir alle möglichen Reste hineingetan hatten, sowie viele Sandwiches. Für ein hungriges Kind war das sicherlich nicht ideal, aber ich hatte darüber auch nicht nachgedacht, bis Liam angefangen hatte, mir einen gastronomischen Orgasmus nach dem anderen zu bescheren. Ich war mir ziemlich sicher, dass ich in diesen sieben Tagen an Gewicht zugenommen hatte, aber ich würde mich darüber ganz sicher nicht beschweren.

Innerhalb eines sehr kurzen Zeitraums war das Zusammensein mit Liam so natürlich geworden wie das Atmen. Bis jetzt hielten wir uns an unsere Abmachung, uns kennenzulernen, ohne miteinander zu schlafen, aber jeden Abend, wenn ich mich ins Bett legte, dachte ich an ihn und begehrte ihn mit einem Schmerz, der an mir nagte und mit jedem weiteren Tag schlimmer wurde.

»Ich werde noch total verwöhnt«, murmelte ich, als ich in die Einfahrt von Liams Haus außerhalb von Amesport fuhr.

Auch wenn Liam nicht der Typ Mann war, der mit seinem Reichtum protzte, hatte er trotzdem seine *Spielzeuge*. Als er sein Elternhaus renovierte, waren in den neuen Plänen sechs Garagen vorgesehen, um Fahrzeuge unterzubringen, und jede einzelne von ihnen war voll. Ich hatte mich geweigert, die teuren Sportwagen zu fahren, aber das Angebot angenommen, einen seiner zwei Geländewagen zu nehmen, die sich in seinen Garagen befanden.

Das Leben war mit einem Auto einfacher.

»Gewöhne dich erst gar nicht daran«, sagte ich laut zu mir, als ich auf dem Asphaltstreifen neben dem Haus parkte.

Ich hatte keine Ahnung, wie dieses Märchen ausgehen würde. Ich vertraute Liam, doch wir hatten noch nicht über meine Abreise gesprochen, die immer näher rückte.

Ich will nicht am Boden zerstört sein, wenn ich gehen muss.

Sogar als ich den Motor des Geländewagens abstellte, wusste ich, dass diese Sache möglicherweise nicht gut ausgehen würde. Ich hatte mich bereits daran gewöhnt, Liam jeden Tag zu sehen, und obwohl mein Körper sich nach ihm sehnte, wollte mein Herz ihn sogar noch mehr.

Ich bereute die Zeit nicht, die ich mit ihm verbracht hatte. Ob wir uns nach nächster Woche nun sehen würden oder nicht, würde dennoch nichts an der Tatsache ändern, dass diese Tage die glücklichsten meines gesamten Lebens sein würden. Ich hatte gewusst, dass ich ein Risiko einging, aber mir war keine andere Wahl geblieben.

*Selbst wenn es Qualen bedeuten sollte, Liam näherzukommen,
so würde ich mich später darum sorgen.*

Ich wollte auf gar keinen Fall die nächste Woche damit verbringen,
darauf zu warten, dass eine Bombe explodieren würde.

Ich nahm die Tüten mit dem chinesischen Essen, das ich auf dem
Weg zu Liam abgeholt hatte, und lächelte, als ich aus dem Auto stieg.

Er hatte mit seinen Angelkünsten angegeben, weshalb es eigentlich
frisch gefangenen Fisch zum Abendessen hätte geben sollen. Xander
und Liam waren heute früh mit Liams Boot hinausgefahren, um
zu angeln.

Sie waren mit leeren Händen zurückgekehrt.

Ich fragte mich, ob er wohl immer noch sauer war, weil ich gelacht
und angeboten hatte, chinesisches Essen zu holen.

Liam war meistens gut gelaunt, doch es konnte sein, dass ich sein
männliches Ego etwas verletzt hatte.

»Liam«, rief ich, als ich durch die Tür trat. »Ich habe unser
Abendessen gefangen.«

»Sehr witzig«, brummte er, als er aus der Küche kam, um mich
zu begrüßen.

Was hatte er erwartet? Ich hatte vier Brüder. Von diesem
Kindheitstrauma musste irgendein Schutzmechanismus
zurückgeblieben sein. Sarkasmus war schon immer meine beste
Waffe gewesen.

Ich ging in seine Richtung, um einige Teller zu holen, doch bevor
ich an ihm vorbeigehen konnte, hatte er mich auch schon um die
Hüfte gefasst. »Aber ich vergebe dir«, sagte er heiser und holte sich
einen Kuss ab, bevor er mich gehen ließ.

Ich zitterte, als er mich losließ. Ich liebte die Art und Weise, wie
er mich nie vorbeigehen ließ, ohne mich zu berühren.

»Ich hatte nicht vor, deinen männlichen Stolz zu verletzen«, sagte
ich lachend.

»Das hast du nicht«, antwortete er mürrisch. »Ich bin mir meiner
Männlichkeit ziemlich sicher.«

»Das weiß ich doch«, murmelte ich, als ich in die Küche ging. Ich würde Liams Männlichkeit niemals anzweifeln. Er produzierte sehr viel mehr Testosteron, als er sollte.

Er gab mir einen spielerischen Klaps auf den Po, während ich die Tüten auf der Arbeitsplatte abstellte.

Ich kreischte. »Wofür war das denn? Ich habe fürs Essen gesorgt«, sagte ich mit gespielter Entrüstung.

Er verschränkte die Arme vor der Brust und grinste. »Dein Hintern ist einfach zu schön, als dass ich widerstehen könnte.«

Ich rieb mir meine Pobacke, während ich ihn anlächelte. »Erinnere mich daran, dass du griesgrämig wirst, wenn du keine Fische fängst.«

Er zuckte mit den Schultern. »Das passiert, aber es ärgert mich mehr, dass ich einen Vormittag verschwendet habe. Ich hätte die Zeit viel lieber mit dir verbracht.«

Da Xander und Liam für diese Woche bereits geplant hatten, angeln zu gehen, hatte ich ihn gedrängt, die Verabredung einzuhalten. Ich hatte stattdessen einen wunderbaren Morgen mit Samantha verbracht. »Ich mag Chinesisch«, sagte ich. »Und ich bin jetzt hier.«

Es war armselig, aber ich hatte ihn genauso sehr vermisst wie er mich.

»Gott sei Dank«, brummte er. »Wenn sich Xander noch ein einziges Mal darüber beschwert hätte, dass er keinen Fisch fängt, hätte ich ihn über Bord geworfen. Beim nächsten Mal kommst du mit. Ich werde dir beibringen, wie man angelt.«

Ich starrte ihn mit offenem Mund an. »*Du* willst *mir* das Angeln beibringen?« Dachte er etwa, ich hatte ihn dazu gedrängt, mit Xander zu gehen, weil ich nicht mitkommen wollte? Oder weil ich auf einem Boot keine große Hilfe war? »Ich angele, seit ich laufen kann«, sagte ich empört.

»Du gehst fischen?«

»Selbstverständlich. Mein Bruder Aiden hat es mir als kleines Mädchen beigebracht und ich gehe, so oft ich kann. Er ist Fischer und wetteifert ganz gern mit anderen, aber wenn ich die Möglichkeit bekomme, mit ihm hinauszufahren, nehme ich seine Arroganz gern in Kauf.«

»Dann denke ich mal, dass ich vor dir mit meinen Angelgeschichten nicht angeben kann.«

Ich lächelte. »Nein. Meine Brüder haben es ständig versucht. In der Regel höre ich nicht mehr zu, wenn sie zu dem Teil kommen, an dem ihnen der Fisch entwischt ist.«

Wenn eine Frau wie ich vier Brüder hat, dann lernt sie, tolerant zu sein. Aber Jade und ich hatten irgendwo eine Grenze ziehen müssen.

Ich nahm einige Teller aus dem Schrank und fing an, das Essen darauf zu verteilen. Liam nahm das Besteck und die Getränke, damit wir uns an den Tisch setzen konnten.

Nachdem wir uns mit den Tellern voll mit chinesischem Essen niedergelassen hatten, fragte Liam: »Dann steht ihr euch also alle ziemlich nahe?«

»So nahe wie ein Mädchen ihren Brüdern schon stehen kann, die immer alles besser wissen. Ich muss ehrlich sein, es war nicht leicht, mit dem ganzen Testosteron um mich herum aufzuwachsen, aber Jade und ich haben es überlebt«, scherzte ich.

»Wie fühlt sich das an?«, fragte er. »Mit so vielen Geschwistern groß zu werden?«

»Für uns war es manchmal beängstigend, und ich kann mir kaum vorstellen, wie es für Noah gewesen sein musste. Als meine Mutter starb, war er alles, was uns noch geblieben war. Und er war nun wirklich nicht alt genug, um sich um fünf Kinder unter achtzehn Jahren zu kümmern. Er ist viel zu früh erwachsen geworden. Aber wir waren es gewohnt, unseren Teil beizutragen, um zu helfen. Meine Mutter hatte immer sehr viel gearbeitet. Wir hatten nur ein kleines Einkommen, also mussten wir alle versuchen, etwas Geld dazuzuverdienen. Das hat sich auch nach ihrem Tod nicht geändert.«

Liam runzelte die Stirn. »Hattet ihr keine Familie, die euch unter die Arme hätte greifen können?«

»Keiner von uns hat unseren Vater wirklich gut gekannt. Er ist gestorben, als wir alle noch ziemlich klein waren. Meine Mutter war ein Einzelkind. Sie hatte ihre Eltern verloren, als sie neunzehn war. Sie hatte zwar über einige Menschen gesprochen, die haben uns jedoch nie in Kalifornien besucht.«

»Das ist hart«, sagte Liam heiser.

»Es war nicht alles schlecht«, erklärte ich. »Wir haben alle gelernt, unabhängig zu sein, und haben aufeinander aufgepasst.«

Liam schaufelte sich das Essen in den Mund. Ich nahm an, dass er an diesem Tag noch nicht sehr viel zu sich genommen hatte.

Als er eine Pause machte, um einen Schluck Wasser zu trinken, fragte er: »Wirst du mir jemals von deinem Leben dort erzählen und warum du gegangen bist?«

Ich verschluckte mich beinahe an meinen Lo-Mein-Nudeln. Es war nicht so, als hätte ich diese Frage nicht irgendwann erwartet, nur eben nicht zwischen Reis und Kung-Pao-Hühnchen. Ich nahm einen Schluck Wasser, bevor ich antwortete: »Eigentlich überrascht es mich, dass du nicht schon eher danach gefragt hast.«

»Denk nicht, dass ich es nicht wissen will, Brooke. Ich wollte dir einfach nur mehr Zeit geben, um mir zu vertrauen.«

Ich betrachtete sein schönes Gesicht und sah den ernsten Blick in seinen Augen. Mein Herz schmolz dahin. »Oh, Liam. Natürlich vertraue ich dir. Ich weiß einfach nur nicht, wo ich anfangen soll.«

Er zuckte mit den Schultern. »Wo immer du willst. Aber iss erst mal auf.«

Ich fing wieder an zu essen und hörte auf, als mein Magen voll war.

Mit einem Blick auf Liams Teller sah ich, dass er restlos alles von seiner Portion verputzt hatte.

»Du kannst noch mehr haben«, bot ich ihm an.

Er hob eine Hand. »Ich bin satt.«

Wir räumten schnell das Geschirr ab und machten es uns dann im Wohnzimmer gemütlich. Ich hatte mir ein Glas Merlot eingeschenkt und Liam hatte sich eine Limonade genommen.

Wir setzten uns aufs Sofa, dann erzählte ich. »Ich bin keine Kellnerin mehr. Zumindest bin ich in Kalifornien nicht immer eine gewesen.«

Ich hatte beschlossen, dass mein Beruf ein guter Punkt wäre, um meine Erklärungen zu beginnen.

»Das hätte ich nicht erwartet«, sagte er. »Du machst deine Sache ziemlich gut.«

»Meine Referenzen waren echt. Seit ich alt genug bin, um arbeiten zu dürfen, habe ich bis zu meinem Universitätsabschluss immer gekellnert. Ich bin Finanzanalytikerin. Bevor ich hierhergekommen bin, habe ich in einer kleinen Zweigstelle einer überregionalen Bank in Citrus Beach gearbeitet.«

»Ich hätte wissen sollen, dass du in der Finanzbranche tätig bist, denn zu meinem Unverständnis liebst du Zahlen.« Er machte eine Pause, bevor er fragte: »Geht es hier um einen Mann? Einen Stalker?«

Ich konnte sehen, dass Liam bereit war, den fiktionalen Geisteskranken in meinem Leben auszulöschen, als ich ihn anlächelte. »Nein. So war es nicht.«

Er wirkte erleichtert. »Gott sei Dank!«

Ich war mir nicht sicher, ob die Wahrheit besser sein würde. »Ich hatte seit einem Jahr bei der Bank gearbeitet. Ich habe meine Arbeit geliebt. Doch dann wurde die Bank eines Morgens ausgeraubt.«

Ich sah, wie Liam sich anspannte, doch ich sprach weiter. »Ich befand mich in einem Hinterzimmer, aber ich konnte die Schüsse hören. Als ich hinausging, um nachzusehen, was geschehen war, waren alle meine Freunde und Arbeitskollegen tot. Dieser Mistkerl hatte beide Kassiererinnen und den stellvertretenden Geschäftsführer erschossen.« Mein Herz raste, während ich diesen furchtbaren Tag noch einmal erlebte, doch ich konnte nicht aufhören zu erzählen. »Ich hätte ebenfalls tot sein sollen. Aber die Polizei fuhr in dem Moment auf dem Parkplatz vor, als er gerade dabei war, eine Papiertüte mit dem Geld aus den Schubladen zu füllen. Er hatte durch den Hinterausgang fliehen müssen.«

Liam streckte seine Hand nach mir aus und zog mich an seine Brust. Dabei schlang er seine Arme um meine Taille, um mich festzuhalten.

»Du musst nicht darüber sprechen, Brooke. Wirklich nicht«, sagte er heiser.

Ich schüttelte den Kopf. »Doch. Ich will darüber sprechen.«

»Aber du weinst«, widersprach er.

»Das ist okay. Manchmal ist es sogar gut zu weinen.« Kurz nachdem ich nach Amesport gekommen war, hatte ich das herausgefunden.

Ich hatte im Stillen trauern müssen und in der kleinen Küstenstadt hatte ich Gelegenheit dazu erhalten. Ich war zu einem Therapeuten vor Ort gegangen, bei dem mein Geheimnis gut gehütet war, und hatte mir langsam meinen Weg durch Angst, Wut, Schuld und Verzweiflung gebahnt.

»Dann sprich weiter«, stimmte er zu.

»Er hat mich gesehen, Liam. Aber er hat die Polizei auch gesehen. Deswegen denke ich, dass er sich dazu entschlossen hat, ein Risiko einzugehen und eine Zeugin zurückzulassen, um der Verhaftung zu entgehen.« Ich hielt inne und atmete zitternd ein. »Meine Arbeitskollegen sind für eine Beute von zwölfhundert Dollar gestorben.«

Als ich die Geschichte endlich fertig erzählt hatte, umarmte ich Liam und fing an zu schluchzen.

Kapitel 11

BROOKE

Ich war mir nicht sicher, wie lange ich meiner Trauer an Liams Schulter freien Lauf ließ, aber es fühlte sich gut an zu weinen. Ich hatte seit Monaten nicht mehr um meine Freunde geweint. Obwohl ich über ihren sinnlosen Tod hinweggekommen war, hatte ich dennoch das Trauma dessen, was an jenem Tag in der Bank geschehen war, noch nicht vollständig überwunden.

»Oh Gott, Baby! Es tut mir so schrecklich leid«, sagte Liam und presste seinen Mund in mein Haar.

Ich nickte und lehnte mich zurück, damit ich sein Gesicht sehen konnte. »Sie waren meine Freunde.«

Er gab mir einen Kuss auf die Stirn. »Ich weiß.« Nach einer kurzen Pause fragte er: »Haben sie den Kerl geschnappt?«

»Das haben sie. Er war der Polizei bereits bekannt, weshalb es ihnen nicht allzu schwergefallen ist, ihn ausfindig zu machen. Ich habe als einzige Zeugin meine Aussage gemacht, darüber hinaus gab es Videoaufnahmen. Er war auf allen Bildern gut zu erkennen gewesen und die Polizei hatte außerdem jede Menge belastendes Beweismaterial. Er wird niemals aus dem Gefängnis freikommen.«

»Das muss eine furchtbare Zeit für dich gewesen sein«, sagte er, während er meinen Körper sanft hin- und herwiegte. »Du konntest nicht darüber hinwegkommen, weil du eine Aussage machen musstest.«

»Nach dem Prozess hat dann der Medienrummel angefangen«, erzählte ich weiter. »Die Journalisten wollten meine Geschichte als einzige Überlebende hören. Und ich war noch nicht soweit, um darüber zu sprechen. Ich hatte noch nicht einmal den Tod meiner Freunde betrauern können. Das Geschehene war überhaupt noch nicht in meinen Kopf eingesunken. Ich hatte das Gefühl, als würde ich mich in einem Trancezustand befinden, Liam, während gleichzeitig jeder Journalist von jedem großen Sender vor meiner Tür gestanden hat. Sie haben sogar meiner Familie nachgestellt. Ich hatte einfach gehen müssen.«

»Ich nehme an, dass sie damit aufgehört haben«, bemerkte Liam tonlos.

»Irgendwann haben sie tatsächlich aufgegeben und sich der nächsten, aktuelleren Geschichte gewidmet. Wir haben uns schon gedacht, dass das passieren würde. Aber Noah und Evan haben sich Sorgen gemacht, also musste ich ihnen schwören, dass ich niemandem sage, wer ich bin und was geschehen war. Die beiden wollten mir einfach nur ermöglichen, etwas Zeit für mich haben zu können.«

Er streichelte mir über das Haar. »Ich bin froh, dass sie das getan haben.«

»Obwohl ich lügen musste?«

»Es interessiert mich nicht die Bohne, dass du jeden Einwohner von Amesport hast anlügen müssen. Hier ging es um deine Sicherheit und dein Wohlbefinden, Brooke. Es gibt nichts, was wichtiger wäre.«

Bei seinen Worten wurde mir warm ums Herz, doch dann zog es sich krampfartig in meiner Brust zusammen. Liam war so verdammt stark, doch er fühlte immer noch mit mir. Das konnte ich spüren.

»In Amesport habe ich die Möglichkeit gehabt, dem Ganzen zu entfliehen«, sagte ich. »Und auch du hast mir dabei geholfen. Dafür werde ich immer dankbar sein. Hier konnte ich das Geschehene verarbeiten. Vielleicht bin ich noch nicht vollständig über den Berg, aber das Schlimmste habe ich hinter mir. Und die Journalisten zeigen sich seit ein, zwei Monaten uninteressiert. Zu Hause ist die Luft wieder rein.«

Sein Gesicht sah düster aus. »Bist du dir sicher, dass du darüber hinweg bist?«

»Ich habe immer noch ab und zu Albträume, aber ich weigere mich, einem Verbrecher die Macht zu geben, die Art und Weise zu bestimmen, wie ich mein Leben führe. Wo es keine Gespenster gibt, kann ich auch keine sehen. Meine Freunde hätten das nicht gewollt. Sie haben ihr Leben verloren, deswegen habe ich das Gefühl, dass ich es an ihrer statt leben muss.«

»Willst du wieder in deinem alten Job arbeiten?«, fragte er und klang nicht gerade fröhlich.

Ich schüttelte den Kopf. »Nicht bei der Bank. Dorthin kann ich nicht zurückkehren. Aber ich würde gern wieder in meinem alten Beruf arbeiten.«

Ich hatte immer schon gewusst, dass ich niemals wieder für die gleiche Bank würde arbeiten können. Der Anblick meiner Freunde in all dem Blut und die Angst, die ich an diesem Tag empfunden hatte, würden mich dort immer verfolgen. Trotzdem vermisste ich es, als Finanzanalytikerin zu arbeiten.

»Ich hätte wissen sollen, dass du ein Finanzgenie bist«, brummte er. »Du hast es mehr als einmal bewiesen, als du meine lückenhaften Bücher und rückständigen Steuererklärungen in Ordnung gebracht hast.«

»Das ist nun nicht gerade mein Spezialgebiet«, sagte ich und wischte mir die Tränen aus dem Gesicht. »Ich habe einfach nur Spaß an Mathematik und Zahlen.«

»Ja. Irgendetwas an dieser Aussage ist vollkommen verkehrt«, antwortete er.

Ich lächelte schwach. Liam war zwar ein großartiger Geschäftsmann, aber mit den Details befasste er sich nur ungern. »Ich liebe es, mich mit Zahlen zu beschäftigen. Mathematik ist so konkret. Entweder stimmt die Summe am Ende ... oder nicht. Mit Ungewissheit kann ich nicht viel anfangen«, erklärte ich.

»Ich verstehe, warum du es mir nicht gesagt hast. Aber ich kann nicht anders, ich wünschte, ich hätte es gewusst. Ich hätte dir helfen können. Ich hätte jemand sein können, mit dem du reden kannst«, sagte Liam missmutig.

»Als Freund?«, neckte ich ihn.

»Wenn es das ist, was du gewollt hättest. Ich wäre das gewesen, was immer ich für dich hätte sein sollen, wenn es dir geholfen hätte, diese schweren Zeiten zu überstehen.«

Meine Augen wurden erneut feucht, aber ich blinzelte die Tränen fort. Mit seinem Willen, mich zu unterstützen, traf Liam mich mitten ins Herz. »Wir haben uns ja gar nicht richtig gekannt«, erinnerte ich ihn. »Und ich bin mir nicht sicher, ob ich bereit gewesen wäre, darüber zu sprechen.«

»Ich weiß nicht, wie ich es besser machen kann«, gestand er und fuhr sich frustriert mit der Hand durch sein Haar.

»Du brauchst es nicht besser zu machen«, sagte ich. Meine Brüder haben es ebenfalls versucht und entmutigt aufgegeben, als es nicht geklappt hat. Ich hatte angenommen, dass das ein Männerding war. »Das kannst du nicht. Ich weiß es aber zu schätzen, dass du jetzt für mich da bist.«

»Ich gehe nirgendwohin, Brooke. Ich werde immer hier sein, wenn du mich brauchst.«

Ich seufzte und lehnte mich an ihn. Er nahm meine Hand und ich ließ es geschehen. »Das Leben ist nicht immer das, was wir uns wünschen«, sagte ich, immer noch emotional aufgewühlt von den Geschehnissen, die ich Liam gerade berichtet hatte. Es war immer noch nicht einfach, darüber zu sprechen, ohne Flashbacks zu erleiden.

»Ich weiß«, antwortete er. »Doch es zählt nur, was wir aus den ganzen negativen Erlebnissen machen, die das Leben uns entgegenschleudert.«

Ich setzte mich auf und griff nach dem Glas Wein, das ich auf einem kleinen Tisch abgestellt hatte. Ich nahm einige Schlucke und lehnte mich dann wieder mit dem Rücken an Liam.

Liam wusste sehr viel über die Herausforderungen des Lebens. Er hatte selbst sehr viele davon gehabt. Aber mir gefiel seine Einstellung.

Ich trank einen weiteren Schluck von meinem Merlot.

»Du hältst dich besser ein wenig zurück«, warnte er. »Für gewöhnlich stehst du am Ende ohne Höschen da.«

Ich lachte und stellte das Glas zurück auf den Tisch. »Nur ein Mal«, entgegnete ich. »Und ich wollte meine *und* deine Klamotten loswerden. Aber in dieser Nacht war ich nicht betrunken. Ich wusste einfach nur, was ich wollte.«

»Wusstest du das also?«, fragte er heiser.

»Liam, ich bin seit fast einem Jahr scharf auf dich. Natürlich wusste ich es.«

Vielleicht hatte der Wein mich tatsächlich etwas lockerer gemacht, aber ich war seit meiner Collegezeit nicht mehr betrunken gewesen.

»Was wolltest du denn?«

»Ich wollte *dich*.«

»Du hast mich bekommen«, sagte er trocken. »Aber ich war nicht in meiner besten Form.«

»Beschwere ich mich etwa?«, zog ich ihn auf. »Für mich war es ziemlich großartig.«

»Klugscheißerin«, entgegnete er amüsiert.

»Es war eine unvergessliche Nacht für mich, Liam«, sagte ich mit ernsterer Stimme. Vielleicht dachte er, dass er zu schnell gewesen war, aber ich wollte nicht, dass er bereute, was geschehen war. Ich wusste, dass ich es nicht tat.

»Für mich war sie das auch«, gestand er. »Ich wünschte nur, dass mein Schwanz standhafter als mein Kopf gewesen wäre. Ich wollte mehr, als nur mit dir zu schlafen.«

»Was wolltest du denn?«

»Ich wollte das hier.« Er drückte meine Hand. »Ich wollte uns.«

Ich verstand. Meine Anziehung für Liam war sehr viel mehr als nur physisch, auch wenn mein Körper sich nach ihm sehnte.

»Dann macht es dir also nichts aus, keinen Sex zu haben?«, fragte ich neugierig.

»Oh doch, das tut es«, beklagte er sich. »Mir geht es nicht gut damit und meine Hoden sind seit einer Woche schon ganz blau. Aber ich sollte bereits daran gewöhnt sein. Seit dem Tag, an dem du das Restaurant betreten hast, begehre ich dich. Und mit der Zeit ist dieses Verlangen nur noch schlimmer geworden.«

Ich spürte eine Hitzewelle zwischen meinen Schenkeln, als Liam sich auf dem Sofa neu positionierte.

Ich wusste, dass er genau die gleiche unbändige Lust verspürte wie ich.

Ich war bereit, mich von Liam vögeln zu lassen. »Ich werde es überleben«, murmelte er.

Ich setzte mich auf und drehte mich, um ihn anzusehen. »Was wäre, wenn ich dir sagte, dass ich bereit bin?«, fragte ich und hielt den Atem an.

Mit bedauerndem Blick schüttelte er langsam den Kopf. »Ich würde sagen, dass es ein schwieriger Abend für dich gewesen ist. Wenn du wirklich bereit bist, dann werde ich da sein.«

Ich bin bereit! Ich bin so verdammt bereit!

Mein Körper schrie förmlich danach, von ihm genommen zu werden, doch mein Herz setzte kurz aus, als ich den ernsten Blick auf seinem Gesicht sah. »Dann werde ich es wohl auch überleben.«

Er legte eine Hand an meinen Nacken und zog mich zu sich heran. »Küss mich!«, forderte er.

Darum musste Liam nicht zweimal bitten. Ich schlang meine Arme um seinen Hals, drückte meine Lippen forsch auf seine und küsste ihn mit all den aufgestauten Gefühlen, die sich in mir befanden.

Er schob meinen Pullover hoch und streichelte über die nackte Haut meines Rückens, während er meine Mundhöhle plünderte.

Ich hatte vielleicht damit angefangen, aber Liam beendete es auf spektakuläre Art und Weise. Als er mich endlich losließ, rang ich nach Luft.

»Du kannst mich nicht so küssen und dann von mir erwarten, dass ich darauf nicht reagiere.« *Meine Güte!* Welche Frau würde es fertigbringen, einen Mann nicht zu begehren, wenn er sie küsste, als wollte er ihre Seele in sich aufsaugen?

Er war wie eine Droge, von der ich einfach nicht loskam.

»Ich will ja, dass du reagierst«, sagte er rau. »Aber es macht alles nur schwieriger, weil du es tust.«

Er zog mich auf sich und schlang seine Arme um meinen Körper.

»Danke«, flüsterte ich an seinem Ohr.

Ich wollte mich nur noch sicher fühlen, nachdem ich mich ihm auf diese Weise geöffnet hatte. Das gab er mir, und noch viel mehr.

»Wofür?«, fragte er.

»Dafür, dass du du bist«, antwortete ich. Es gab keinen anderen Weg, um ihm mitzuteilen, wie viel es mir bedeutete, dass ich ihm ausreichend vertrauen konnte, um meine Trauer mit ihm zu teilen.

»Gern geschehen. Aber meistens bin ich nicht sehr gut darin«, entgegnete er.

Bei seiner Antwort musste ich kichern. Liam musste jedes meiner Komplimente an ihn herunterspielen, deswegen war ich von seiner Reaktion nicht besonders überrascht.

Er machte sich zwar über sich selbst lustig, wusste aber dennoch genau, wer er war. Das war ein Charakterzug, den ich faszinierend fand.

Zusätzlich zu der Tatsache, dass er der schärfste Mann war, den ich kannte, war er ebenso einer der fürsorglichsten, auch wenn er gern so tat, als sei das nicht der Fall.

»Es überrascht mich, dass bisher noch keine Frau deine Scharade durchschaut hat«, sagte ich und fragte mich zum wiederholten Mal, wie Liam immer noch Single sein konnte.

Er war alles, wonach sich eine Frau bei einem Mann jemals sehnen konnte.

»Ich habe auf dich gewartet«, antwortete er beinahe sofort.

Darauf fiel mir keine schlaue Bemerkung mehr ein. Liam Sullivan hatte soeben vollständig mein Herz gestohlen.

LIAM

»Was zum Teufel meinst du damit ... *sie ist weg?*«
Ich wusste, dass ich meine einzige Schwester vermutlich anbrüllte, aber sie hätte mir die Neuigkeiten, dass Brooke nach Kalifornien abgereist war, einfach nicht im Gastraum des *Sullivan's* mitteilen sollen.

Zum Glück hatte Tessa bereits abgeschlossen, deswegen waren wir allein.

Ich war gerade rechtzeitig von meinem Termin in Boston zurückgekehrt, um die Aufräumarbeiten zu erledigen, damit Tessa nach Hause gehen konnte.

Es war eine lange Fahrt gewesen. Vielleicht hätte ich die Nacht in der Stadt verbringen sollen. Aber ich hatte unbedingt zurück nach Hause fahren wollen, um Brooke zu sehen. Seit sie ihr Herz geöffnet und mir erzählt hatte, was ihr zugestoßen war, waren einige Tage vergangen und es schien ihr gut zu gehen. Trotzdem hatte ich kein gutes Gefühl, sie den ganzen Tag alleine zu lassen. Leider musste ich jedoch ein Treffen mit meinen Lieferanten wahrnehmen, das ich nicht mehr hatte absagen können, und hatte darüber hinaus einen weiteren, persönlichen Grund, warum ich in die Stadt hatte fahren müssen.

Tessa hörte auf, schmutziges Geschirr in die Spülmaschine zu stellen, und drehte sich zu mir um. »Sie hat gesagt, dass sie wiederkommt. Sie braucht nur ein paar Tage, um einige Sachen an der Westküste zu regeln. Um ehrlich zu sein, hat sie etwas aufgewühlt gewirkt.«

»Was für Sachen?«, fragte ich misstrauisch. Brooke hatte noch nicht einmal mit dem Packen angefangen und ich hatte vorgehabt, sie davon zu überzeugen, heute oder morgen bei mir zu übernachten.

Verdammt, ich hatte bereits alles geplant und war mir so sicher gewesen, dass sie bei mir bleiben wollte.

Und jetzt war sie weg.

»Ich weiß es nicht«, erklärte Tessa. »Außer, dass sie wieder zurückkommen würde, hat sie nicht viel gesagt. Sie ist ja nicht für immer weg, Liam.«

»Hat sie denn weiter gar nichts gesagt?« *Verflucht!* Ich wollte, dass Tessa mir noch mehr Informationen gab. Es machte keinen Sinn, dass Brooke gegangen war.

Meine Schwester schüttelte bedauernd den Kopf. »Ihre Schicht war vorbei und Evan ist gekommen, um sie abzuholen. Sie hat die Schlüssel für deinen Geländewagen im Büro gelassen. Gesagt hat sie nicht viel. Sie hat nur ein wenig ... überfordert ausgesehen.«

Evan? »Den Mistkerl werde ich umbringen«, knurrte ich. »Warum zum Teufel ist er hier gewesen? Was hat er mit Brookes Abreise zu tun?«

»Ich hätte mehr Fragen stellen sollen«, sagte Tessa. »Aber wir hatten Gäste. Sie hat mich nur gebeten, dir zu sagen, dass sie zurückkommen würde.«

»Das hilft mir jetzt gerade überhaupt nicht«, antwortete ich verstimmt. »Aber dich trifft keine Schuld, Tessa.«

Meine Schwester hatte die Nachricht nur überbracht. Wenn Brooke nicht mehr hier war, dann hatte ich keinen Zweifel daran, dass Evan Sinclair etwas mit ihrer Abwesenheit zu tun hatte. Aber warum um alles in der Welt hatte er *gewollt*, dass sie geht? Warum würde er sie dazu drängen? Als wir mit ihm und Miranda beim Essen gewesen waren, schienen beide Brooke davon überzeugen zu wollen, hierzubleiben und eine Arbeit vor Ort anzunehmen.

Tessa kam auf mich zu und legte tröstend ihre Hand auf meinen Arm. »Vielleicht ist es nicht meine Schuld, aber es tut mir trotzdem leid. Ich wusste nicht, dass es so eine große Sache ist, wenn sie für einige Tage wegfährt.«

Ich fuhr mir mit einer Hand durchs Haar und holte tief Luft. »Es ist gar keine große Sache, aber hier geht noch irgendetwas anderes vor sich.«

»Warum denkst du das?«

Ich erklärte ihr schnell, was Brooke durchgemacht hatte und warum sie hier war. Ich erzählte meiner Schwester von unserer Abmachung, Zeit miteinander zu verbringen und uns kennenzulernen. Es war nicht so, als würde Tessa nicht bereits wissen, was ich für Brooke empfand. In den letzten neun, zehn Tagen waren wir überall in der Stadt zusammen gewesen.

Tessa nickte, als ich fertig war. »Du bist verrückt nach ihr«, sagte sie. »Aber das beruht auf Gegenseitigkeit. Sie hat ebenfalls Gefühle für dich.«

»Aber sie hatte nie vor zu gehen, Tessa. Ich weiß es. Wir hatten für die nächsten Tage bereits Pläne gemacht.«

»Vielleicht ist in Kalifornien irgendetwas passiert. Sie hat dort sehr viel Familie, Liam.«

War eines ihrer Familienmitglieder krank geworden? Ich nahm an, dass es möglich sein konnte. »Hat sie traurig ausgesehen?«, fragte ich.

Tessa runzelte die Stirn und zog ihre Augenbrauen zusammen, während sie über diese Frage nachdachte. »Nicht unbedingt traurig«, sagte sie nachdenklich. »Sie hat sich eher schockiert gezeigt als traurig. Als ob sie alles nur mechanisch erledigte, wie ein Zombie. Ich hatte das Gefühl, dass sie gar nicht richtig bei sich war. Sie war ziemlich zweideutig, ganz so, als würde sie selbst nicht einmal verstehen, warum sie gehen musste.«

»Ich wette, dass Evan den Grund kennt«, sagte ich wütend. »Er hat sie zweifellos davon überzeugt zu gehen. Um wie viel Uhr hat sie das Restaurant verlassen?«

»Sie hat die Frühschicht gearbeitet und ist dann nach Hause gegangen. Sie schien fröhlich zu sein, bis sie mit Evan zurückkam, um dir die Nachricht zu hinterlassen, dass sie zurückkehren würde. Sie ist schon seit einigen Stunden nicht mehr hier.«

Das war mir bereits bekannt. Brooke hatte ihre Schicht mit einer meiner Teilzeitkräfte getauscht, um die Frühschicht zu übernehmen, damit sie Feierabend machen konnte, bevor ich wieder nach Hause kam.

Ich zog mein Mobiltelefon hervor und wählte ihre Nummer. Ich erreichte ihre Mailbox.

»Scheiße!«, fluchte ich. »Warum zum Teufel hat sie mich denn nicht angerufen?«

»Sie hat gesagt, dass sie dich nicht erreichen konnte.«

Ich verstaute das Telefon wieder in meiner Tasche und versuchte, mich meiner Schwester zuliebe zusammenzureißen. »Geh nach Hause«, sagte ich schon wesentlich ruhiger zu ihr. »Ich kümmere mich später darum.«

»Glaubst du, sie ist in Ordnung?«, fragte Tessa.

Das Gesicht meiner Schwester war besorgt.

Verdammt, ich musste meinen Ärger wirklich im Zaum halten. Tessa hatte weder gewusst, was Brooke durchgemacht hatte, noch hatte sie eine Ahnung gehabt, dass ich meine Beziehung mit Brooke dauerhaft machen wollte, sollte sie dem zustimmen. »Ich bin mir sicher, dass es ihr gut geht«, versicherte ich Tessa, obwohl ich eine Ahnung hatte, dass Brooke vermutlich ganz und gar nicht in Ordnung war. »Los, geh nach Hause. Danke, dass du hier für mich die Stellung gehalten hast.«

Irgendetwas war passiert. Brooke war nicht flatterhaft. Es war unmöglich, dass sie spontan den Entschluss gefasst hatte abzureisen. *Irgendetwas* hatte sie dazu gebracht, diese Entscheidung zu treffen.

»Bist du dir sicher?«, fragte sie zögernd.

»Geh schon«, wiederholte ich und versuchte, dabei so gelassen wie möglich zu klingen.

Meine Schwester umarmte mich fest und sagte: »Ruf mich an. Ich will wissen, was mit ihr passiert ist.«

Ich drückte sie ebenfalls. »Ich melde mich später bei dir.«

Sobald Tessa gegangen war, hatte ich den Plan gefasst, Evan zu konfrontieren, um ihn zu fragen, was zum Teufel er zu Brooke gesagt hatte, dass sie sich entschieden hatte, zurück nach Kalifornien zu fliegen.

Ich sah dabei zu, wie Tessa in ihr Auto einstieg, bevor ich mich auf den Weg zu meinem eigenen Wagen machte.

Eine halbe Stunde später biss ich mir zum zweiten Mal innerhalb nur weniger Monate frustriert die Zähne an Evan aus. Beim letzten Mal war ich ohne Antworten gegangen. Doch dieses Mal würde ich das ganz gewiss nicht noch einmal tun.

»Ich kapiere es nicht«, knurrte ich. »Was sind das für Sachen, die sie mit ihrer Familie klären muss?«

Evan saß in seinem Wohnzimmer auf dem Sofa und war damit zu weit von mir entfernt, als dass ich ihm von dem Sessel aus, in dem ich ihm gegenüber Platz genommen hatte, einen Faustschlag hätte verpassen können. Ich konnte jedoch immer noch mit Leichtigkeit über den Sofatisch springen, der zwischen uns stand, und dachte darüber nach, wie lange es wohl dauern würde, das zu tun.

Über Brookes Gründe zur Abreise hatte er ärgerlicherweise geschwiegen.

»Ich weiß nicht, ob ich dir davon erzählen sollte. Es betrifft *ihr* Privatleben.«

»Sie hat mich nicht einmal angerufen«, brüllte ich. »Ich habe kein einziges Wort von ihr gehört. Heute früh haben wir noch Pläne für die nächsten Tage geschmiedet und abends ist sie weg? Was zum Teufel ist passiert, Evan? Du warst bei ihr. Du musst etwas wissen.«

Ich hatte Evan Sinclair immer gemocht und respektiert. In diesem Augenblick mochte ich ihn jedoch nicht mehr. Er verweigerte mir stur jegliche Informationen über Brooke oder darüber, was er gesagt hatte, um sie zum Gehen zu bewegen.

»Ich weiß tatsächlich so einiges«, entgegnete er ruhig. »Ich besitze nur nicht die Befugnis, dir davon zu erzählen, es sei denn, es würde ihr helfen. Sie braucht etwas Zeit, Liam. Sie hat vor, nach Amesport zurückzukommen. Den Großteil ihrer Sachen hat sie hiergelassen.«

»Ich kann ihr keine Zeit geben, weil ich vor Sorge außer mir bin«, antwortete ich knapp.

»Ach, dann kennst du also ihre Geschichte«, vermutete er.

»Ja«, sagte ich schlecht gelaunt. »Und seit dem Tag, an dem sie mir erzählt hat, dass sie durch die Hände eines Arschlochs, das keinerlei Respekt für ein Menschenleben hatte, beinahe gestorben wäre, mache ich mir Sorgen um sie.«

Ich hatte mich für Brooke zusammengerissen, aber eigentlich hatte ich mir die Seele aus dem Leib kotzen wollen, nachdem sie mir die Wahrheit erzählt hatte, und ich hatte auch weiterhin Bedenken wegen ihrer Sicherheit. Ich besaß keinen Zweifel, dass dieses Gefühl nie verschwinden würde.

Wenn die Polizei nicht genau zu dem Zeitpunkt gekommen wäre, an dem sie erschienen war, wenn sie nur einige Sekunden später auf den Parkplatz gefahren wäre, dann wäre Brooke jetzt tot.

»Du weißt schon, dass die Chance, dass so etwas noch einmal passiert, verschwindend gering ist, nicht wahr?«, fragte Evan. »Die Wahrscheinlichkeit, dass es überhaupt geschieht, war schon klein genug.«

»Das spielt keine Rolle«, zischte ich ihn an. »Ich weiß nur, wie ich mich fühle. Sie ist durch die Hölle gegangen und ich werde verdammt noch mal dafür Sorge tragen, dass das nie wieder geschieht.«

Evan zuckte mit den Schultern. »Manchmal haben wir keine Kontrolle über die Dinge, die in unserem Leben passieren.«

Wenn ich rational dachte, dann war mir das klar. Meine Eltern waren bei einem tragischen Unfall ums Leben gekommen und meine Schwester hatte nach einer Krankheit ihr Gehör verloren.

Wir konnten nicht wissen, dass diese Dinge passieren würden. Das Problem war nur, dass ich nicht wie ein vernünftiger Mann dachte.

»Ich muss wissen, dass sie in Sicherheit ist«, sagte ich und war so aufgebracht, dass ich bereit war, über den Tisch zu springen und Evan so lange zu würgen, bis er mir weitere Informationen gab.

»Es geht ihr gut«, antwortete er freundlich. »Sie fliegt mit Jareds Privatflugzeug und wird nach Hause begleitet. Sie ist nicht allein.«

»Warum nimmt sie Jareds Maschine?« Für gewöhnlich hatte Evan kein Problem damit, sein Flugzeug zur Verfügung zu stellen. Dieser Tage reiste er nur noch selten.

Er starrte mich an und betrachtete mich wie eine Laborprobe. »Weil ich das Gefühl hatte, dass du meines brauchen würdest«, entgegnete er trocken.

Mein Temperament ging mit mir durch. »Du manipulatives Arschloch!«, knurrte ich. »Du wusstest, dass ich ihr hinterherfahren würde.«

Er nickte. »Ja, das konnte ich mir denken.«

Ich erhob mich, wütend darüber, dass er es geschafft hatte, Brooke und mich zu beeinflussen. »Was gibt dir das Recht dazu, dich in irgendeine dieser Angelegenheiten einzumischen?«, brüllte ich ihn an. »Für sie bist du ein Niemand. Ich habe wenigstens Gefühle für sie. Aber für dich ist sie nichts weiter als eine Schachfigur bei deinen Spielchen!«

Er stand auf und sein Gesichtsausdruck verwandelte sich von teilnahmslos in ärgerlich. »Sie ist keine *Schachfigur*«, korrigierte er mich. »Und wenn ich mich in eine Sache einmische, habe ich immer meine Gründe«, erklärte er. »In diesem Fall habe ich sogar *gute* Gründe. Brookes richtiger Nachname ist Sinclair. Sie ist meine *Schwester*.«

Kapitel 13

LIAM

Mein Hintern landete wieder im Sessel, weil ich mich hinsetzen und Evans Aussage erst einmal verdauen musste. Gedanken rasten durch meinen Kopf und ich versuchte verzweifelt zu verstehen, was für eine Bombe er gerade hatte platzen lassen.

»Weiß sie es?«, fragte ich mit weit entfernter, perplexer Stimme.

Evan nahm seinen alten Platz auf dem Sofa wieder ein. »Sie weiß es jetzt. Ich musste es ihr sagen. Ihre Geschwister wissen seit fast einem Jahr Bescheid. Ich konnte ihr diese Information nicht länger vorenthalten.«

Brooke hatte also die ganze Zeit, all die Monate, die sie hier verbracht hatte, nicht gewusst, dass Evan mit ihr verwandt war? Ich schüttelte den Kopf, denn ich konnte immer noch nicht ganz fassen, dass Brooke tatsächlich eine Sinclair war. »Wie?« Mehr brachte ich nicht hervor.

»Sie hätte es bereits gewusst, wenn der Bankraub nicht geschehen wäre, bevor Noah und ich es meinen Geschwistern sagen konnten. Aber als sich der Vorfall ereignete, hatten wir selbst gerade erst die Wahrheit herausgefunden. Brooke war verständlicherweise vollkommen am Boden zerstört gewesen und wir hatten ihr keinen weiteren Schock zumuten wollen.«

»Ich habe nicht gewusst, dass ihr Nachname Sinclair lautet.« Brooke hatte sich immerzu mit dem Namen Langley vorgestellt.

»Langley war ihr Pseudonym«, sagte Evan und nickte. »Brooke hieß immer schon Sinclair. Sie hatte jedoch angenommen, dass unser gemeinsamer Nachname Zufall sei. Er ist ja durchaus nicht ungewöhnlich.«

Ich hatte Brooke nie danach gefragt, ob ihr Nachname echt war. Es war nie wichtig gewesen. »Wie ist deine Schwester an der Westküste gelandet? Ich verstehe es nicht.«

»Die meisten Menschen tun das nicht«, sagte Evan monoton. »Es ist eine lange Geschichte«, warnte er.

»Ich habe Zeit«, brummte ich. »Ich muss es wissen. Wenn ich nach Kalifornien fliege, dann will ich ganz genau wissen, was ich zu erwarten habe.«

Evan lehnte sich auf dem Sofa zurück. »Ich habe dir die Wahrheit gesagt, weil ich weiß, dass Brooke dir wichtig ist. Wenn das nicht der Fall wäre, würden wir dieses Gespräch nicht führen.«

Ich wartete ungeduldig darauf, dass er fortfuhr. Ich würde alles aus ihm herausbekommen, bevor ich mir darüber Gedanken machen würde, was mit Brooke geschah. Ich war froh, dass sie in Sicherheit war, aber das war für meinen Geschmack nicht annähernd genug. Denn jetzt machte ich mir Sorgen um ihre seelische Verfassung.

»Obwohl es nicht gemeinhin bekannt war, hat mein Vater mich geschlagen und gedemütigt«, erzählte Evan. »Während meiner Kindheit hatte er es sich zur Aufgabe gemacht, mich zu seinem Nachfolger zu *erziehen*. Es waren schmerzhafte Lektionen, die er mir erteilt hat, aber seine Unterrichtsstunden waren nicht *immer* mit körperlichen Schmerzen verbunden, auch wenn ich sagen muss, dass er mich sehr oft verprügelt hat. Eine Sache, die er immer benutzt hat, während er versuchte, mich zu brechen, war die Existenz einer weiteren Familie, *seiner* Familie, und dass es doch so viel besser wäre, wenn diese Kinder seine wirklichen Erben wären. Erst kürzlich habe ich von Noah erfahren, dass sie unseren Vater eigentlich gar nicht gut gekannt haben. Er hat sie immer nur ab und zu für einige Tage besucht. Die Kinder haben ihn für ein paar Minuten gesehen und dann ist er mit ihrer Mutter für ein, zwei Tage weggefahren. Es scheint, als hätte er diese Information benutzt, um mich zu verhöhnen, denn in Wirklichkeit kannte er seine anderen Kinder gar nicht.«

Ich war skeptisch. »Alle Geschwister von Brooke sind auch deine?«

Er nickte, bevor er fortfuhr. »Halbgeschwister«, korrigierte er mich. »Wir haben alle denselben Vater. Nach seinem Tod ging ich alle seine Habseligkeiten durch, um ihre Identität herauszufinden. Doch ich konnte nur ein paar Fotos finden, von denen ich glaube, dass Brookes Mutter sie meinem Vater gegeben haben musste. Ich hatte keinen Anhaltspunkt für meine Suche. Ich war mir nicht einmal sicher, ob es sich bei ihnen um amerikanische Staatsbürger handelt, da mein Vater oft ins Ausland gereist ist.«

»Was hast du dann gemacht?«

»Als mein Vater starb, habe ich einen Teil seines Geldes zur Seite gelegt, weil ich gehofft hatte, dass ich irgendwann herausfinden würde, wer sie sind. Ich hatte gehofft, dass sie zu mir kommen würden.«

Ich sah ihn mit einem durchdringenden Blick an. »Und, sind sie das?«

Er schüttelte den Kopf. »Nicht wissentlich. Aber nachdem DNA- und Abstammungsseiten im Internet zu finden waren, habe ich meine eigene DNA-Probe an alle Webseiten gesendet, die ich finden konnte. Es hat sehr lange gedauert, aber irgendwann habe ich einen Treffer gelandet.«

»Noah?«, riet ich.

»Jade«, korrigierte er mich. »Brookes Schwester hat einige beeindruckende Überlebensfähigkeiten und war neugierig darauf zu erfahren, ob ihre Vorfahren amerikanische Ureinwohner waren, weil sie über ihren Vater nur sehr wenig wusste. Sie hat zwar keine Ureinwohner in ihrem Stammbaum gefunden, dafür aber mich. Ich erschien als ihr Halbbruder. Wir haben uns nur wenige Wochen vor dem Bankraub gefunden. Ich hatte jedoch nur die Möglichkeit gehabt, mit Jade und Noah zu sprechen, bevor sich dieser Vorfall ereignet hat.«

»Brooke habt ihr also nichts gesagt und sie einfach an die Ostküste geschafft?«, bemerkte ich missmutig, denn ich hasste die Tatsache, dass ihre Familie Gott gespielt und ihr die Wahrheit für beinahe ein gesamtes Jahr verheimlicht hatte.

»Glaubst du, dass ich das wollte?«, fragte Evan schnippisch. »Brooke war durch die Hölle gegangen. Ich konnte ihr das alles auf gar keinen Fall noch zusätzlich aufbürden.«

»Dann gehe ich mal davon aus, dass sie ein beträchtliches Erbe besitzt.« Ich musste zugeben, dass es schon verdammt nett von Evan war, sie als mögliche Erben anzuerkennen, auch wenn er das nicht tun musste. Trotzdem war ich immer noch sauer auf ihn.

»Interessiert dich das?«, fragte Evan, während er mich durchdringend ansah.

»Nein. Ich habe mehr Geld, als wir jemals brauchen werden.«

Evan stand auf. »Ich glaube, ich könnte jetzt einen Drink vertragen. Kann ich dir etwas anbieten?«

»Bier, wenn du eins hast«, antwortete ich geistesabwesend. Ich trank nicht sehr häufig, aber dieser Abend schien eine gute Gelegenheit zu bieten, meine übliche Abstinenz zu unterbrechen.

Ich lehnte mich in meinem Sessel zurück. Mein gesamter Körper war steif, nachdem ich Evans Geschichte gelauscht hatte.

Er kehrte rasch zurück und überreichte mir eine Flasche Bier, während er sich ein Getränk genehmigte, das etwas stärker aussah. Als er sich hinsetzte, fing er wieder an zu sprechen. »Wie schon erwähnt habe ich mich in einem Zwiespalt befunden«, sagte er mit heiserer Stimme. »Ich hatte es Brooke sagen wollen, aber gleichzeitig wollte ich auch ihre Genesung von etwas, das die meisten Menschen niemals mitansehen müssen, nicht gefährden.«

»Das verstehe ich«, gab ich zähneknirschend zu. »Es macht aber einfach keinen Sinn, dass sie nie wussten, wer ihr Vater war.«

Evan zuckte mit den Schultern. »Vielleicht hatte ihre Mutter vorgehabt, es ihnen eines Tages zu erzählen, und ist dann krank geworden. Auf der anderen Seite würde ich ihr jedoch keinen Vorwurf machen, wenn sie es nie erwähnt hat. Ihre Kinder haben geglaubt, dass er tot war, was stimmte, aber sie hat ihnen nie erzählt, dass die Heirat, die sie für legal hielt, eigentlich ungültig war. Mein Vater hat Brookes Mutter in Las Vegas geheiratet. Er war zu dem Zeitpunkt vermutlich betrunken gewesen und muss gewusst haben, dass die Heirat illegal sein würde, aber er war ein ziemlich starker Alkoholiker. Ich gehe davon aus, dass er gedacht hat, sie würden ihn sowieso niemals erwischen, und sich deswegen nichts daraus gemacht hat.«

»Hat Brookes Mutter jemals davon erfahren?«

Evan nickte. »So wie ich Noah verstanden habe, hat sie es herausgefunden, als mein Vater gestorben ist. Er hat gesagt, dass sie viel geweint hätte, aber auch wütend gewesen sei. Ich denke mal, sie hat zu diesem Zeitpunkt erfahren, dass mein Vater bereits verheiratet war und eine Familie hatte. Wenn das nicht ans Licht gekommen wäre, hätte sie vermutlich niemals aufgehört, nach ihrem angeblichen Ehemann zu suchen. Ich persönlich glaube, dass sie ihn nach seinem Tod gefunden und dann herausgefunden hat, dass er mit einer anderen Frau verheiratet war und andere Kinder hatte.«

Ich atmete tief ein und ließ die Luft dann hörbar aus meiner Lunge entweichen, während ich darüber nachdachte, wie sich das wohl anfühlen mochte. Herauszufinden, dass du deinem Ehemann so viele Kinder geboren hast, er aber gar nicht dein wirklicher Ehemann war. »Es muss sehr schwer für sie gewesen sein«, sagte ich mitfühlend.

»Dessen bin ich mir sicher«, stimmte Evan zu. »Ich wünschte nur, sie wäre zu mir gekommen.«

Er klang wirklich so, als würde er es bereuen, und ich musste ihm sein Verantwortungsbewusstsein zugutehalten. »Die meisten Milliardärsfamilien hätten nicht mit ihr gesprochen«, bemerkte ich.

»Die Sinclairs sind nicht wie die *meisten Familien*«, antwortete er. »Mein Vater hat diese Familie nicht definiert. Seine Kinder tun es. Alle seine Kinder.«

Mein Respekt für Evan wuchs beträchtlich, als ich erkannte, dass er sich seinen Halbgeschwistern gegenüber genauso verantwortlich fühlte wie dem Rest seiner Geschwister. »Brooke hat gesagt, dass sie in ärmlichen Verhältnissen aufgewachsen sei.«

»Das stimmt. Ich glaube, immer wenn mein Vater dort war, hat er ihrer Mutter genügend Bargeld gegeben, damit sie sich und die Familie über Wasser halten konnte. Aber als er starb, war diese Quelle versiegt.«

»Dann hat er also sein Leben als Milliardär genossen, während die Hälfte seiner Kinder kaum oberhalb der Armutsgrenze gelebt hat?«

Evan nickte. »Nach seinem Tod hatten sie nichts. Brookes Mutter hatte nie etwas gelernt. Sie hat sehr jung geheiratet und ist früh an Brustkrebs gestorben. Laut Noah hat sie immer nur gearbeitet. Bis sie ... starb.«

»Was für ein furchtbares Leben«, sagte ich. »Für alle von ihnen.«

»Merkwürdigerweise sind aus ihnen allen gute Menschen geworden«, teilte Evan mir mit. »Sie haben hart gearbeitet, um ein besseres Leben zu führen. Das muss ihre Mutter ihnen beigebracht haben, denn von meinem Vater kam es ganz sicher nicht. Ich muss sogar sagen, dass ich nur sehr wenig Ähnlichkeit zwischen ihnen und meinem Vater erkennen kann.«

»Sie stehen sich sehr nahe, weil sie sich gegenseitig geholfen haben«, fügte ich hinzu.

Evan hatte ein beinahe unsichtbares Lächeln auf dem Gesicht, als er sagte: »Eigentlich sind sie ziemlich außergewöhnlich.«

Mir war aufgefallen, dass er verdammt stolz aussah, als er von den unehelichen Sinclair-Kindern sprach, doch ich interessierte mich trotzdem mehr dafür, was mit Brooke passiert war. »Warum hat Brooke denn nun gehen müssen?«

»Ich fürchte, dass sie meinen Beweggründen gegenüber etwas misstrauisch ist. Ich bin mir nicht sicher, ob sie mir wirklich nicht vertraut oder sich nur Sorgen darum gemacht hat, dass sich ihre gesamte Familie verändert hat, während sie hier in Amesport war.«

»Ist das so?«, fragte ich.

»Nein. Zum größten Teil nicht. Ich gebe zu, dass ich allen etwas Zeit geben musste, um diese Information zu verdauen, doch irgendwann waren wir uns einig. Es war nicht unsere Schuld, doch ihre war es ebenso wenig. Die Menschen, die dafür verantwortlich waren, sind tot und wir alle sind Opfer dieser Umstände geworden. Meine Geschwister und ich hatten zwar das Geld, aber wir waren auch alle dem missbräuchlichen Verhalten meines Vaters ausgesetzt. In Brookes Familie gab es eine tatsächliche Verbindung, die durch Geld niemals zu ersetzen wäre, aber sie haben es ohne die nötigen finanziellen Mittel schwer gehabt. Ich habe keine Ahnung, welche der beiden Alternativen besser oder schlechter war. Meine Schwester und Brüder haben Jahre gebraucht, um sich so nahe zu kommen. Brookes Geschwister haben nie etwas anderes gekannt, als sich gegenseitig zu beschützen.«

»Dann sind also alle von ihnen mit einem Mal wohlhabend?« Das musste ein Schock für die Sinclairs in Kalifornien sein.

»Milliardäre«, sagte Evan. »Ich habe in ihren Teil des Erbes genauso viel investiert wie in meinen eigenen. Sobald ich die Geldmittel aufgeteilt hatte, haben sie alle mehr als eine Milliarde Dollar erhalten.«

Ich war in einer Mittelstandsfamilie aufgewachsen und hatte mich immer noch nicht daran gewöhnt, ein Millionär zu sein. Ich konnte mir nicht vorstellen, wie Brooke und ihre Geschwister sich fühlen mussten.

»Haben sie alle das Geld angenommen?«, fragte ich neugierig.

»Nicht sofort. Es hat eine Weile gedauert, bis sie begriffen haben, dass sie einen Anspruch darauf haben. Sie sind Erben, auch wenn die Heirat ihrer Mutter mit meinem Vater nicht rechtskräftig war. Er war bereits verheiratet und hatte Kinder, als er sich dazu entschlossen hat, ein Bigamist zu werden, trotzdem sind sie alle sein Fleisch und Blut.«

»Bist du dir sicher, dass es nicht noch mehr Familien gibt?«

Evan trank von seinem Glas und schluckte, bevor er antwortete: »So sicher wie ich eben sein kann. Aber ich glaube, dass ich es jetzt vermutlich wüsste. Die Bilder, die ich gesehen habe, waren definitiv die von Noah, Seth und Aiden. Sie haben es mir bestätigt.«

»Was für ein Mensch tut nur so etwas?«, dachte ich laut nach.

»Du hast meinen Vater nicht gekannt«, entgegnete Evan trocken. »Sei froh darüber. Er hätte niemals Vater werden sollen. Er war nicht nur ein Psychotiker, er war ebenfalls ein Sadist. Die Stimmung in unserem Haus war nie unbeschwert, weil wir ständig in Angst vor seinen Wutausbrüchen gelebt haben. Wir waren erleichtert, wenn er sich auf Reisen außerhalb der Stadt befand.«

»Wissen Hope und deine Brüder Bescheid?«, wollte ich wissen, denn ich fragte mich, ob irgendjemand außer Evan informiert worden war.

»Noch nicht. Ich hatte es nicht riskieren können, dass es irgendeinem von ihnen vor Brooke herausrutscht, aber wir werden uns am Wochenende zusammensetzen. Ich werde es ihnen sagen, wenn sie alle hier sind. Ich bezweifele stark, dass auch nur einer unter ihnen ist, der unseren Halbgeschwistern seine Liebe verweigern wird.«

Evan klang stolz darauf und ich konnte es ihm nicht verübeln. Ich wusste, dass er recht hatte. Grady, Dante und Jared würden sicherlich gern eine noch größere Familie haben und ich ging jede Wette ein, dass Hope ebenfalls ihre neu entdeckten Brüder und Schwestern kennenlernen wollte. Die einzige Sinclair-Schwester war seit Jahren immer zahlenmäßig unterlegen gewesen. »Hope und Brooke werden sich großartig verstehen«, sagte ich, ohne zu zögern.

»Das werden sie ganz bestimmt«, sagte Evan. »Endlich bekommt sie weibliche Unterstützung in der Familie.«

»Ich glaube, Brooke wird am Boden zerstört sein, wenn sie erfährt, dass ihre ganze Familie ihr dieses Geheimnis vorenthalten hat«, warnte ich.

»Irgendwann wird sie schon verstehen, dass wir uns in einer ungünstigen Lage befunden haben. Wir konnten sie nur anlügen oder ihr dieses Wissen noch zusätzlich aufbürden, wohl wissend, dass sie gefühlsmäßig bereits vollkommen überfordert war. Keinem von uns hat es Spaß gemacht, sie zu belügen oder ihr Dinge vorzuenthalten.«

»Sie ist also zurück nach Kalifornien geflogen, um nach ihrer Familie zu sehen?«

»Konfrontieren trifft es wohl besser«, entgegnete er. »Sie hat mir sehr viele schlimme Wörter an den Kopf geworfen und ich bin mir sicher, dass sie ihrer Familie das Gleiche sagen wird. Sie ist wütend. Und ganz offensichtlich verletzt. In Citrus Beach hat sich alles verändert. Ich glaube, sie musste nachsehen, ob alle noch die Alten sind.«

»Verändert ... wie meinst du das?«

Evan leerte sein Glas und antwortete: »Ihre Geschwister haben ihr Geld bereits vor Monaten angelegt. Noah hat seinen Job als Computerprogrammierer gekündigt, um sein eigenes Unternehmen aufzubauen. Er hat eine ziemlich clevere Dating-App entwickelt. Jetzt besitzt er endlich das nötige Geld, um seine eigenen Ideen in die Tat umzusetzen. Auch Seth und Aiden haben ihre Arbeitsstellen verlassen. Seth war im Baugewerbe tätig und Aiden ein kommerzieller Fischer. Sie beide haben Start-ups in den Bereichen gegründet, die sie persönlich interessieren. Jade kann nun sehr viel mehr als nur für andere arbeiten, weil sie endlich ihren Doktortitel hat. Owen ist immer noch mit seiner Facharztausbildung beschäftigt, aber er muss sich keine Gedanken mehr darüber machen, wie er seine Studentendarlehen zurückzahlen soll.«

Wie viele Menschen gab es, die sich wünschten, so viel Geld auf einmal zu haben? Ich war selbstverständlich nicht der Meinung, dass Brookes Geschwister es nicht verdienten, aber es musste sie vollkommen umgehauen haben. »Warum werde ich das Gefühl nicht los, dass du in allen ihren Unternehmen deine Finger im Spiel hast?«, fragte ich misstrauisch.

»Das habe ich nicht«, sagte er. »Ich helfe ihnen, wenn sie mich brauchen, das macht mir nichts aus. Aber ich habe an keinem von ihnen ein finanzielles Interesse. Ich bin mir ziemlich sicher, dass meine Brüder und Hope ihnen ebenfalls anbieten werden, ihnen mit ihren jeweiligen Erfahrungen zur Seite zu stehen.«

Ich habe niemals daran gezweifelt, dass Evan nicht versuchen würde, aus den Unternehmen seiner neuen Geschwister einen Profit zu ziehen. Ich war mir nur sicher, dass sie keine Geschäfte abschließen würden, ohne die besten Ratschläge einzuholen, die sie auf dem Gebiet bekommen konnten. »Ich wusste, dass du ihnen helfen würdest«, stellte ich klar.

Unterstützung von Evan Sinclair zu bekommen war vermutlich der Traum eines jeden Unternehmers.

Er sprach ernst, als er antwortete: »Ich wünsche mir für sie nur, dass sie das Leben haben, das sie hätten haben sollen.«

Ich stand auf, denn ich konnte nicht länger herumsitzen, ohne zu versuchen, Brooke erneut zu erreichen. »Ich muss nach Hause fahren und einige Sachen packen, damit ich nach Kalifornien fliegen kann. Ich muss Brooke sehen.«

»Nach dem, was sie hat durchmachen müssen, hatte ich sie vor allem beschützen wollen, das sie hätte verletzen können, aber wir haben uns im Zwist verabschiedet«, sagte Evan und klang so, als würde er es bereuen.

»Du hattest das Geheimnis bewahren müssen, um sie zu beschützen«, brummte ich. Mein eigener Beschützerinstinkt war nun in voller Fahrt und ich wollte nichts mehr, als zu versuchen, Brooke vor dem abzuschirmen, was gerade um sie herum geschah. Vielleicht würde sie die ganze Situation als etwas Positives sehen, was sie schließlich auch war, aber wenn man in Betracht zog, was sie durchgemacht hatte, brauchte sie jetzt nichts weiter als Normalität. Und ein Familienerbe der Sinclairs zu werden war so ziemlich das Unnormalste, was ich mir vorstellen konnte.

Evan nickte. »Ich gehe davon aus, dass du mein Transportangebot annimmst?«

»Ja.« Es war mir wirklich vollkommen egal, wie ich nach Kalifornien kommen würde, aber Evans Flugzeug war nun einmal der schnellste Weg.

»Pass auf sie auf«, bat Evan.

»Darauf kannst du dich verlassen«, sagte ich und streckte ihm meine Hand entgegen.

»Wir kommen alle zur Hochzeit«, warnte Evan.

Ich konnte sehen, dass Evan sich sorgte, auch wenn man es ihm nach außen hin nicht sehr deutlich anmerkte. »Irgendwann wird sie dir für das danken, was du getan hast«, sagte ich rau und bewegte mich in Richtung Eingangstür. »Momentan überwiegen jedoch ihre Emotionen.«

Brooke hatte offensichtlich nicht nachgedacht, bevor sie Hals über Kopf abgereist war. Wenn sie es getan hätte, wäre sie zu dem gleichen Schluss gekommen wie ich: Evan hatte alles in seiner Macht Stehende für sie und ihre Geschwister getan, lange bevor er die Bestätigung darüber erhalten hatte, wer sie waren.

Ich hatte immer noch unbeantwortete Fragen, aber keine von ihnen war so wichtig wie mein Bedürfnis danach, Brooke zu finden. Ich *musste* einfach wissen, dass mit ihr alles in Ordnung war.

Ihr Zuhause würde nicht mehr genau das Zuhause sein, das sie kannte, weil sich alles verändert hatte. Wenn sie jetzt eine Konstante in ihrem Leben brauchte, dann würde ich es sein.

Ohne ein weiteres Wort trat ich durch die Eingangstür hinaus ins Freie und würde nicht eher wieder anhalten, bis ich mit absoluter Sicherheit wusste, dass sie in Ordnung war.

BROOKE

» E s tut mir so leid, Brooke. Keiner von uns wollte dich jemals verletzen.«

Meine Schwester Jade saß in meiner Wohnung in Citrus Beach auf dem Sofa und weinte.

Gott sei Dank lebt eine von uns immer noch am selben Ort.

Ich glaube, ich war die Einzige in meiner Familie, deren Leben während meiner Abwesenheit stillgestanden hatte.

Jedem anderen Mitglied meiner Familie gehörte nun in der angesehensten Gegend von Citrus Beach ein Haus am Meer. Ich hatte die Häuser meiner Geschwister bislang noch nicht gesehen, aber ich fand Trost darin, dass meine Wohnung immer noch *dieselbe* war, in der ich seit vielen Jahren lebte.

»Das weiß ich«, sagte ich widerwillig.

Ich wollte wütend sein, weil meine gesamte Familie mich betrogen hatte, Evan eingeschlossen, doch langsam setzte bei mir die Realität wieder ein. Alle von ihnen hatten sich so verhalten, weil sie mich liebten und besorgt um mich gewesen waren.

»Jedes Mal wenn ich mit dir gesprochen habe, hat es mich fast umgebracht. Du bist meine beste Freundin. Ich wollte in der Lage sein, alles mit dir zu teilen«, sagte Jade schluchzend.

Mein Herz zog sich zusammen, denn ich wusste, dass es für alle schwierig gewesen sein musste, die Wahrheit vor mir zu verheimlichen.

Bis ich mein Apartment betreten hatte, war mir ein Sicherheitsdienst gefolgt, den Evan engagiert hatte. Ich hatte die Männer zwar schon zuvor von ihrer Pflicht entbunden, doch sie hatten sich nicht eher zurückgezogen, bis Jade und ich an meiner Wohnung angelangt waren. Sie mussten Anweisungen von Evan erhalten haben, mich nicht allein zu lassen, bevor meine Familie bei mir war.

Ich hatte Amesport mit einem Kopf verlassen, in dem die Gedanken nur so herumgeschwirrt waren. Darüber hinaus hatte ich Evan nicht vertraut. Doch als ich das Gesamtbild endlich deutlich vor mir sah und Jade mir mehr davon erzählte, was Evan für meine Familie getan hatte, bereute ich die schlimmen Dinge, die ich ihm an den Kopf geworfen hatte.

»Evan hat es nicht verdient zu hören, was ich zu ihm gesagt habe«, erklärte ich Jade.

Sie wischte an ihren Tränen herum und antwortete: »Seit er uns gefunden hat, war er immer nur freundlich zu uns. Er hat darüber gescherzt, dass er das Geld nicht vermissen würde, und vielleicht tut er es wirklich nicht. Aber es will immer noch nicht in meinen Kopf, dass er all die Jahre für uns gespart und investiert hat. Ich glaube, wir vertrauen nun alle auf sein Urteilsvermögen. In der Unternehmerbranche gehört er zu den klügsten Köpfen der Welt.«

»Ich war wütend«, sagte ich. »Ich habe gemeine Sachen zu ihm gesagt, die er nicht verdient hat. Ich glaube, ich hatte einfach nur Angst.«

»Weil sich die Dinge verändert haben?«, fragte Jade nachdenklich.

Ich nickte. »Jetzt scheint es keinen Sinn mehr zu machen, aber ich hatte mich darauf gefreut, dass alles wieder seinen normalen Gang gehen würde, und jetzt ist alles so anders. Alles hat sich verändert.«

»Wir haben uns nicht verändert, Brooke«, sagte Jade leise. »Unsere Brüder sind noch dieselben Idioten, die sie waren, als wir noch kein Geld hatten. Ich denke nicht, dass das Geld irgendeinen von uns verändert hat. Es gibt uns nur die Freiheit, mehr von den Dingen zu tun, die wir schon früher gern getan hätten. Und unsere Familie ist größer geworden. Leider bedeutet das noch mehr Brüder, die sich einmischen, aber dafür leben sie auf der anderen Seite des Landes, was meiner Meinung nach ein Vorteil ist.«

»Wir haben eine Schwester«, sagte ich, denn ich war immer noch fasziniert von allem, was während meiner Abwesenheit geschehen war.

Mein Ärger verflog langsam. Jetzt, da Jade mir die gesamte Geschichte erzählt hatte, konnte ich mich in die Lage meiner Familie hineinversetzen. Egal welche Entscheidung sie getroffen hätten, es wäre immer die falsche gewesen. Ich konnte nicht behaupten, in ihrer Situation nicht das Gleiche getan zu haben, wenn Jade diejenige gewesen wäre, die Zeit gebraucht hätte, um sich zu erholen.

Sicher, ich war der Meinung, dass sie es mir schon etwas eher hätten sagen können, aber die gesamte Lage war so unsicher gewesen. Bis vor einem oder zwei Monaten waren die Journalisten immer noch in Citrus Beach unterwegs gewesen und danach hatte niemand gewusst, ob sie nicht doch wieder auftauchen würden.

Jade lächelte sehnsüchtig. »Wie ist sie? Du hast sie getroffen, nicht wahr?«

»Das habe ich. Aber ich hatte nicht gewusst, dass sie meine Schwester ist«, antwortete ich und bereute, dass ich Hope Sutherland während meines Aufenthalts in Amesport nicht besser kennengelernt hatte. Ich war der hübschen Rothaarigen einige Male begegnet, hatte aber nie besonders viel mit ihr gesprochen.

Ich war ihre Kellnerin gewesen und sie mein Gast.

Das war so ziemlich alles, was ich über meine neue Schwester wusste.

»Sie ist nett«, sagte ich zu Jade. »Sie ist sehr hübsch. Und ich sehe, dass sie ihren Mann liebt. Die beiden sind ein starkes Paar, aber du siehst es keinem von beiden an, dass sie so reich sind.«

Jade musterte mich zweifelnd. »Beide waren bereits Milliardäre, bevor sie geheiratet haben«, erinnerte sie mich.

»Du hast ein falsches Bild von ihnen, Jade. Hope ist eine Naturfotografin und sehr gut darin.« Im letzten Jahr hatte ich meiner neuen Schwester sehr oft aus der Ferne dabei zugeschaut, wie sie Fotos gemacht hat. »Keiner der Sinclairs, die in Amesport leben, ist arrogant. Sie alle haben Millionen gespendet, um der Stadt zu helfen, und die meisten von ihnen sind sehr viel weniger einschüchternd als Evan. Hope wirkt einfach nur ... glücklich.«

Die wenigen Male, in denen ich sie und ihren Mann Jason Sutherland in Liams Restaurant gesehen hatte, hatten sie sich genau wie jedes andere verliebte Paar verhalten.

Jade nickte. »Gut. Ich hatte gehofft, dass keiner von ihnen hochnäsig sein würde. Evan versucht, sich zu verhalten, als würde ihn nichts und niemand interessieren, aber ich weiß, dass dem nicht so ist.«

»Er liebt seine Frau sehr«, sagte ich nachdenklich. »Eigentlich scheint mir jede einzelne Sinclair-Ehe sehr glücklich zu sein.«

»Wie ist Xander Sinclair?«, fragte sie neugierig. »Er hatte so eine tragische Karriere. Ich habe seine Musik geliebt.«

Auch ich war immer schon ein Fan von Xanders Musik gewesen, weshalb es etwas beängstigend gewesen war, ihn im echten Leben zu treffen. »Er ist lustig, aber das war er nicht immer. Soweit ich weiß, hat er nach seinem Entzug wie ein Einsiedlerkrebs gelebt, bis er seine Frau Samantha kennengelernt hat.«

»Aber jetzt geht es ihm gut?«, fragte sie ängstlich.

Es würde eine Weile dauern, bis ich mich daran gewöhnt hatte, dass Xander mein Cousin war, aber ich konnte sehen, dass Jade diese Bedenken bereits hinter sich gelassen hatte. Sie machte sich Sorgen um jemanden, den sie nicht kannte, eben *weil* er zur Familie gehörte.

»Es geht ihm blendend. Er ist einer von Liams besten Freunden. Die beiden nehmen sich ständig gegenseitig auf die Schippe, ganz genau wie unsere Brüder es tun, aber man kann sehen, dass zwischen den beiden eine Verbindung besteht.«

»Ich würde sie alle so gern treffen«, sagte Jade mit trauriger Stimme.

Ich veränderte die Position in meinem Lehnsessel und versuchte, es mir bequem zu machen. Ich hatte kaum Zeit gehabt, mich daran zu gewöhnen, wieder in meiner Wohnung zu sein, bevor Jade auch schon weinend zur Tür hereingestürmt war, vollkommen am Boden zerstört, weil sie mir monatelang die Wahrheit hatte verschweigen müssen.

»Ich bin mir *sicher*, dass du sie treffen wirst«, antwortete ich. »Evan hat gesagt, dass er ihnen die Neuigkeiten mitteilen wird, nachdem er es mir erzählt hatte. Jetzt wissen sie es vermutlich bereits.«

Jade musterte mich sorgfältig. »Schau mal, ich weiß, wie du dich fühlst. Wir sind alle zusammen da durchgegangen, während du nicht da warst. Es fühlt sich ziemlich unwirklich an. Denk nicht, dass du damit alleine bist. Das bist du nicht. Keiner von uns hat sich bereits vollständig an die Situation gewöhnt.«

Sie hatten es aber durchgestanden und waren zumindest über den ersten Schock hinweg. Ich hingegen schleppte diese Vorstellung immer noch ungläubig alleine mit mir herum. »Ich kann es immer noch nicht fassen, dass Mom es niemandem gesagt hat.«

»Wir waren Kinder«, gab Jade mir zu bedenken. »*Ihre* Kinder. Ich glaube, sie hat versucht, uns zu beschützen.«

»Sie hat nicht einmal die Möglichkeit bekommen, ihn damit zu konfrontieren, dass er ein Bigamist war«, entgegnete ich. »Evan hat gesagt, dass sein Vater vermutlich gestorben ist, bevor Mom die Wahrheit wusste.«

»Sie war wirklich ganz allein«, murmelte Jade.

»Ich möchte denken, dass sie es uns schon irgendwann erzählt hätte, aber Noah hatte bereits die Highschool beendet, als sie starb, und sie hat es nicht einmal ihm gesagt«, entgegnete ich.

»Ich glaube, dass keiner von uns wissen kann, ob sie uns jemals irgendwann die Wahrheit erzählt hätte«, antwortete Jade.

»Es ist schwer zu glauben, dass sie ihn nie erkannt hat. Er war immer einer der reichsten Männer der Welt«, sagte ich und fragte mich, wie meine Mutter ihn nur in den Medien hatte übersehen können.

»Sie hat sich nicht unbedingt in diesen Kreisen bewegt und wann hatte sie schon Zeit gehabt, Nachrichten über die Reichen und Schönen zu lesen? Sie hat doch immerzu gearbeitet«, sagte Jade. »Ich habe genauso gedacht, bis Noah mich daran erinnert hat, dass sie nie ferngesehen hat. Darüber hinaus hat Evans Vater sein Gesicht außerhalb der Finanzwelt nicht sehr oft gezeigt. Es ist nicht so, als sei er ein großzügiger oder menschenfreundlicher Mann gewesen.«

»Du nennst ihn noch immer *Evans* Vater«, sagte ich leicht amüsiert. »Er ist auch *unser* Vater.«

Jade rümpfte die Nase. »Vielleicht will ich ihn ja gar nicht als das anerkennen«, gestand sie. »Er war ein Widerling.«

Ich verschränkte die Arme. »Dann hättest du aber auch keine Verbindung zu Evan.«

»Gut ... wenn du es so sagst, akzeptiere ich diesen Mistkerl eben als Vater, wenn ich damit meine neuen Geschwister behalten kann«, scherzte sie.

Ich lachte. »Mein Gott, wie habe ich dich vermisst!«

Ich war mit so viel Wut nach Hause zurückgekehrt, doch sie war nicht annähernd so groß gewesen wie zu dem Zeitpunkt, als ich Amesport verlassen hatte. Während des Heimflugs hatte ich jede Menge Zeit gehabt, um rational über die Dinge nachzudenken, und es war mir einfach nicht gelungen, Jade oder meinen Brüdern böse zu sein. Es war ja nicht wirklich ihre Schuld gewesen. Ich war einfach nur so verwirrt gewesen und hatte Angst um meine Familie gehabt. Nach der Hälfte des Fluges hatte ich es bereut, Liam ohne ein Wort der Erklärung zurückgelassen zu haben. Ja, ich hatte vor zurückzukommen, aber er verdiente so viel mehr als die wenigen Informationen, die ich Tessa gegeben hatte.

Ich fühlte mich verletzlich, schlang die Arme um meinen Körper und wünschte, ich hätte Liams starke Präsenz hier bei mir in Citrus Beach. Vielleicht sprach er nie besonders viel, aber ich konnte immer *spüren*, dass er für mich da war. Er war so zuverlässig und echt, dass ich mich daran gewöhnt hatte, ihn an meiner Seite zu haben.

»Ich habe dich auch vermisst, Brooke«, antwortete Jade überschwänglich.

Wir hatten uns bereits so fest umarmt, bis wir der anderen beinahe die Luft abgedrückt hatten, und wie Babys geweint, nachdem sie meine Wohnung betreten hatte.

»Ich kann es kaum erwarten, meine Brüder morgen zu sehen, aber ich muss zurück nach Amesport. Ich habe mich gar nicht richtig von Liam verabschiedet«, sagte ich mit Bedauern in der Stimme zu ihr.

»*Wirst* du dich denn von ihm verabschieden?«, fragte sie.

Ich zuckte mit den Schultern. »Das weiß ich nicht. So weit sind wir bis jetzt noch nicht gekommen.«

Liam und ich hatten glücklich in dem Moment gelebt. Vielleicht hatten wir beide erkannt, dass ein nächster Tag nie selbstverständlich war, und wir waren zufrieden damit gewesen, unsere Zeit miteinander einfach nur zu genießen. Leider war es so, dass ich das Gefühl hatte, das Zusammensein mit ihm zu sehr zu mögen. Ich war vollkommen süchtig nach ihm und hatte bereits Entzugsschmerzen, weil er nicht da war. »Ich hoffe, dass ich das nicht muss«, sagte ich schließlich.

»Du bist in ihn verliebt«, provozierte mich Jade und versuchte mit allen Mitteln, weitere Informationen aus mir herauszuquetschen.

Ich seufzte. »Ich bin mir ziemlich sicher, dass ich das schon die ganze Zeit gewesen bin.« In der Gegenwart meiner Schwester fühlte ich mich sicher. Wenn ich ihr meine Gefühle nicht anvertrauen konnte, dann würde ich sie niemandem mitteilen. »Ich weiß nicht, ob es am Anfang nur Lust war, aber es ist zu etwas gewachsen, das ich mir nie hätte vorstellen können. Du kennst mich. Ich war nie davon überzeugt, dass jeder ein gutes Ende bekommt. Wir sind Überlebenskämpfer.«

»Menschen ändern sich«, sagte Jade leise. »Ich weiß, dass wir immer schon hart gearbeitet haben, um zu überleben, aber das heißt nicht, dass wir nicht auch alle bis ans Lebensende glücklich sein können.«

»Wie sieht es denn bei dir aus?«, hakte ich nach.

Sie schnaubte. »Ganz plötzlich scheine ich von reichen Männern nur so verfolgt zu werden. Nun gut, vielleicht nicht *viele* reiche Männer, weil ich ihnen, wenn möglich, aus dem Weg gehe. Es sind nicht alle so nett wie die Sinclairs. Aber einer ist schon mehr als ausreichend.«

Ich zog eine Augenbraue hoch. »Hast du etwa jemanden kennengelernt?«

Einen Moment lang sagte sie nichts, dann antwortete sie widerwillig: »Eli Stone. Er ist ein riesengroßes Arschloch.«

Ich kannte den Namen. Sie brauchte gar nichts weiter zu sagen. »*Der* Eli Stone? Der absolut scharfe, superreiche *Eli Stone*?«

Die meisten kannten den Milliardär vom Namen her, besonders die Frauen. Er ließ Tätowierungen sexy aussehen, dabei machte ich mir eigentlich gar nichts daraus, mit Ausnahme von Liams, weil sie einen Sinn hatten und gut gestochen waren. Weil Eli Stone sich auf verschiedenste Arten körperlich betätigte, war es einfach, ein Foto von ihm mit nacktem Oberkörper zu finden.

»Er ist ein verwöhnter, verklemmter Idiot«, giftete Jade.

Ihre Reaktion überraschte mich sehr, denn ich hatte selten erlebt, dass Jade so negativ auf einen anderen Menschen reagierte. »So schlimm?«

»Wir ... sind einige Male mit den Köpfen aneinandergeprallt.«

»Dein Kopf ist ziemlich hart«, entgegnete ich amüsiert.

»Ich hätte ihm so gern eine gescheuert, aber dann habe ich mich daran erinnert, dass er reich ist und ich vermutlich wegen eines gewalttätigen Angriffs verhaftet werden würde, also habe ich mich zurückgehalten«, sagte sie enttäuscht.

Weil wir beide mit drei älteren Brüdern aufgewachsen waren, konnten Jade und ich mit harten Bandagen kämpfen, wenn es notwendig war.

»Er hat immer einen lässigen Eindruck gemacht«, sagte ich und dachte darüber nach, was ich über den jungen Milliardär gelesen und gesehen hatte.

»Du kannst mir glauben, das ist er nicht«, antwortete Jade kurz angebunden.

»Du könntest ihm immer noch unsere älteren Brüder auf den Hals hetzen«, sagte ich lachend.

»Das würde ich nicht tun. Dieser Schwachkopf würde Rache nehmen. Er ist kein angenehmer Zeitgenosse.« Jade zögerte kurz, dann wechselte sie das Thema. »Vergiss Eli Stone. Was willst du denn nun wegen Liam unternehmen? Ich kann es kaum erwarten, ihn zu treffen.«

Ich wusste, dass sie absichtlich über etwas anderes sprach, und bohrte deshalb nicht weiter nach. Ihre Abneigung gegen Eli Stone schien ihr schlechte Laune zu bereiten, etwas, das ich von meiner Schwester eigentlich nicht kannte. Jade kam mit so gut wie jedem aus und war auch niemals nachtragend.

So wie es aussah, war Eli Stone nicht der Typ, der sich entschuldigte.

»Ich werde mit dem Privatflugzeug unseres Bruders zurück nach Amesport fliegen und mich bei Liam dafür entschuldigen, dass ich so überstürzt abgereist bin. Nachdem wir uns unterhalten haben, weiß ich vermutlich besser, wo wir miteinander stehen.«

»Vielleicht solltest du ihn einfach nur verführen«, schlug Jade vor. »Männer mögen das.«

Ich hatte keinen Zweifel daran, dass Liam sein Versprechen brechen würde, keinen Sex mit mir zu haben, wenn ich ihn dazu drängte, aber zwischen uns hatte sich ein Vertrauen entwickelt, das ich nicht zerstören wollte. »Ich glaube, es ist besser, wenn wir uns erst einmal nur unterhalten«, antwortete ich.

Jade nickte. »Und dann könnt ihr Sex haben.«

Ich rollte mit den Augen. Es war offensichtlich, dass sie nur an das Eine denken konnte, und ich fragte mich, ob ihr Hass auf Eli Stone wirklich so tief saß. Ich hatte noch nie erlebt, dass sie auf einen Mann so wütend war.

Ich stand auf. »Ich gehe jetzt besser schlafen. Es ist schon spät. Ich glaube, wir müssen uns beide ausruhen. Morgen früh werde ich mich dann mit unseren Brüdern auseinandersetzen.«

Meine drei älteren Geschwister würde ich morgen aufsuchen. So wie es aussah, hatten sie es Jade überlassen, die ganze Sache zu erklären. In diesem Moment war ich erschöpft. Ich war mir nicht sicher, ob es sich um emotionale oder körperliche Erschöpfung handelte, aber ich hatte das Gefühl, als hätte ich die Grenze von dem erreicht, was ich an einem Tag verarbeiten konnte.

Jade sprang auf und nahm mich in den Arm, und ich hielt sie etwas länger fest, als ich es normalerweise tat. Seit dem Raubüberfall ging ich mit allem, was ich liebte, sehr viel sorgsamer um als vorher. Vielleicht weil ich gelernt hatte, wie schnell alles vorbei sein konnte.

Nachdem ich die Tür hinter meiner Schwester geschlossen hatte, wanderte ich durch meine kleine Einzimmerwohnung und fühlte mich abgekapselt.

Ich gehörte nicht mehr hierher. Mein Zuhause gab mir nicht mehr das gleiche angenehme Gefühl, wie es das vor der Schießerei in der Bank immer getan hatte. Aber ich gehörte auch nicht nach Amesport. Ja, ich wusste, dass ich dort jetzt Familie hatte, aber ich kannte keinen von ihnen.

Ich hatte gelernt, dass der Ort, an dem ich wohnte, nur ein Fleck auf der Landkarte war. Mein einziger sicherer Platz war bei Liam und er war nicht hier.

Tränen rannen mir aus den Augen, während ich unruhig durch mein kleines Schlafzimmer ging und das Gefühl des *Zuhauseseins* einfach nicht mehr spürte.

Angewidert von mir selbst, weil ich so viel Selbstmitleid zuließ, suchte ich in meinen Schubladen nach einem alten Schlafanzug und Unterwäsche. Ich hatte nur wenige Kleidungsstücke mit nach Kalifornien gebracht, doch in meiner Kommode befanden sich immer noch einige Dinge, die ich damals zurückgelassen hatte.

Ich zog mich aus und bemerkte die Erschöpfung in jedem Teil meines Körpers. Meine Bewegungen waren langsam und schwer, als ich meine kleine Dusche betrat.

Einen Moment lang fühlte ich mich durch das Wasser, das auf meinen Körper prasselte, kurz wiederbelebt, doch dieses Gefühl endete abrupt. Aus meiner Erleichterung wurde Angst, als ich bemerkte, wie ein riesiger Körper zu mir in die Dusche stieg.

Kapitel 15

BROOKE

»L iam?«, sagte ich erschrocken, als ich mich umdrehte.
Er war wunderbar nackt, aber ich brauchte einen
Moment, um zu erkennen, wer genau da mit mir in der
Dusche stand, obwohl ich diesen schönen, nackten, männlichen Körper
kannte und er bereits so oft in meinen Fantasien vorgekommen war.

»Habe ich dich erschreckt?«, fragte er mit heiserer Stimme, bei der
mir eine Gänsehaut über den Rücken lief. »Du hast nicht geöffnet
und die Tür war nicht abgeschlossen. Über diese Tatsache reden wird
später auch noch.«

Citrus Beach war nur eine Kleinstadt und ich hatte mich in meiner
Wohnung immer relativ sicher gefühlt. Für gewöhnlich schloss ich
die Tür ab, aber ich musste so verwirrt gewesen sein, dass ich es
vergessen hatte.

Ich atmete einige Male tief ein und aus und reduzierte meinen
Herzschlag wieder auf ein normales Tempo. Wir standen nahe
beieinander, weil die Dusche so klein war, dennoch berührte er mich
nicht. Ich wusste, er wartete darauf, dass ich seine Anwesenheit
wahrnahm, ohne verängstigt zu sein.

Schließlich sah ich zu ihm auf und mein Herz beschleunigte erneut, dieses Mal war es jedoch *nicht* vor Angst. Sein Gesicht war das Beste, was ich je gesehen hatte. »Liam«, sagte ich mit festerer Stimme und warf mich ihm in die Arme.

Er fing mich auf und drückte mich gegen seinen kräftigen, nassen Körper.

»Ich habe dich so vermisst«, teilte ich ihm überschwänglich mit und mein Herz fing an zu stottern, weil er hier bei mir war.

Alles, was ich in so kurzer Zeit über meine Eltern herausgefunden hatte, belastete mich schwer, aber ich hatte es für mich behalten, weil ich vor Jade nicht darüber sprechen wollte. Sie hatte sich bereits in der Situation befunden, in der ich jetzt war. Ich wollte sie nicht wieder dorthin zurückschicken. Meine Geschwister hatten bereits Zeit gehabt, die Wahrheit zu verarbeiten. Ich hatte das nicht.

Seine starken Arme fühlten sich gut an meinem Körper an. Seine unerschütterliche Präsenz brachte meine Fassade zum Bröckeln und mit einem Mal weinte ich all meine Verwirrung, Angst und Wut an seiner breiten Schulter aus mir heraus.

Seine Arme umschlossen mich fester und er hielt mich einfach nur fest, während meine Tränen mir unaufhörlich aus den Augen flossen. Er streichelte über mein nasses Haar und flüsterte mir mit heiserer Stimme ins Ohr: »Alles wird gut werden, Süße. Das verspreche ich dir.«

Ich glaubte ihm. Solange er hier bei mir war, fühlte ich mich, als ob *wirklich* alles gut werden würde.

Liam erdete mich und erlaubte es mir, endlich die Trauer zu erleben, die ich empfunden hatte, seit ich erfahren hatte, dass meine Mutter betrogen worden war.

»Sie hatte nicht verdient, was ihr angetan wurde, Liam«, brachte ich zwischen den Schluchzern hervor. »Sie hat uns immer nur beschützen wollen. Aber sie war so allein.«

»Er war ein Arschloch, Baby«, tröstete er mich. »Für Männer wie ihn gibt es in der Hölle einen ganz speziellen Platz«, knurrte er.

Es dauerte einige Minuten, bis meine Tränen versiegt waren und ich wieder klar denken konnte. »Was tust du hier?«, fragte ich mit zitternder Stimme, nachdem ich mich ausgeweint hatte.

»Was glaubst du wohl?«, fragte er mit tiefer Stimme. »Ich bin deinetwegen hier.«

»Danke«, sagte ich leise und streichelte mit meinen Fingern über sein Kinn. »Ich habe dich wirklich gebraucht. Nachdem ich morgen meine Brüder besucht habe, wollte ich zurück nach Amesport kommen, aber ich bin froh, dass du hier bist. Du weißt offensichtlich bereits alles. Wie hast du es herausgefunden?«

Es gab keinen Zweifel, dass Liam über meinen Vater Bescheid wusste.

»Ich war bereit, es aus Evan herauszuprügeln, aber er hat es mir erzählt, bevor es dazu kommen musste. Ich habe mir schreckliche Sorgen gemacht, Brooke. Ich weiß gar nicht mehr, wie oft ich versucht habe, dich anzurufen.«

Er sah besorgt aus. Ich konnte es in seinen Augen erkennen. »Es tut mir leid. Ich hätte meine Reise hierher vielleicht verschieben sollen, aber ich war einfach so ... überfordert. Ich hatte keine Ahnung, wem ich noch vertrauen kann.«

Da wir beide geflogen waren, hatten wir uns nicht erreicht, denn ich hatte ebenfalls versucht, ihn anzurufen.

Er drückte mich an die Duschwand, wo ich die kalten Fliesen an meinem Rücken spürte. »Mir kannst du vertrauen«, flüsterte er. »Ich habe dich nie angelogen. Vielleicht habe ich mich wegen deines Freundes selbst geschützt, aber ich bin kein Lügner.«

Ich nickte. »Das weiß ich.«

»Tu das bloß nie wieder«, sagte er.

»Das werde ich nicht«, antwortete ich. Ich wusste, dass es mir nicht gefallen würde, wenn er das Gleiche mit mir getan hätte.

»Ich kann nicht glauben, dass du hier bist«, sagte ich und fuhr mit meinen Händen über seinen muskulösen Körper, um mir selbst zu beweisen, dass er echt war und keine Einbildung.

»Wenn du mich brauchst, werde ich immer für dich da sein«, versprach er mir feierlich.

»Ich werde dich immer brauchen«, entgegnete ich, fasziniert von seinem fesselnden Blick. Ich verlor mich in dem tiefen Grün seiner Augen und war mir nicht sicher, ob ich jemals gefunden werden wollte.

»Ich habe keine Lust mehr, mein Versprechen einzuhalten«, knurrte er. »Ich habe keine Lust mehr, so zu tun, als müsste ich dich nicht so sehr vögeln, bis du nicht mehr klar denken kannst. Ich kenne dich, Brooke. Und du kennst mich. Wir haben uns vor langer Zeit gefunden. Vielleicht wissen wir nicht jedes kleinste Detail über den anderen, aber ich weiß, was ich will. Um die Einzelheiten können wir uns später kümmern.«

Als ich die Entschlossenheit in seinen Augen sah, fing mein Herz an zu stottern. Jeden Tag lernte ich etwas Neues über Liam, das liebenswert war.

Ich hatte das Gefühl, dass es immer so sein würde.

Mir entfuhr ein Seufzer. »Gott sei Dank«, sagte ich erleichtert. »Ich hätte es auch nicht viel länger durchgehalten.«

Ich begehrte Liam auf erbarmungslose Art und Weise und mein Körper bettelte mich bereits seit einigen Tagen um Erlösung an.

»In diesem Augenblick will ich einfach nur wissen, dass du okay bist«, sagte er mit heiserer Stimme.

Ich konnte sehen, dass es ihm mit seinem Vorhaben, auf mich auszupassen, ernst war, aber ich brauchte mehr als nur eine Schulter, an der ich mich ausweinen konnte.

Ich brauchte *ihn*.

»Stoß mich heute Nacht nicht weg, Liam«, sagte ich mit fester Stimme.

Unsere Blicke trafen sich, hielten einander stand, und meine Augen verbargen nichts mehr.

»*Verdammt!*« Er schlug mit der flachen Hand gegen die Fliese neben meinem Kopf. »Ich will dich unbedingt unterstützen, Brooke. Ich will dir dabei helfen, diesen ganzen Mist zu verarbeiten, der dir gerade –«

Ich legte meine Finger auf seinen Mund. »Nicht jetzt. Ich werde mich mit allem auseinandersetzen müssen, was sich verändert hat, aber jetzt will ich nichts mehr, als endlich von dir gevögelt zu werden.«

Ich verzehrte mich nach ihm. Er war hier. Er war echt. Und ich liebte diesen Mann mehr, als ich in Worte fassen konnte.

Sein Gesicht war wild, als er antwortete: »Ich werde dir deinen Wunsch erfüllen.« Er umschloss meinen Mund mit seinem und ich reagierte sofort. Wir küssten uns wie zwei Menschen, die sich verzweifelt berühren und auf die primitivste Art und Weise zusammen sein wollten. Ich sehnte mich nach ihm und berührte gierig jedes Stück seiner Haut, das ich unter meine Finger bekommen konnte.

Als er meine Lippen freigab, keuchte ich: »Liam. Oh Gott, ich will dich so sehr!«

Sein Ausdruck war angespannt, als er sich umdrehte, um das Wasser abzustellen, und mich danach aus der Duschkabine hob.

Ich war immer noch nass, als er mich mit meinem Hintern auf den Waschtisch setzte. »Du gehörst mir«, brummte er. »Du bist immer schon für mich bestimmt gewesen.«

Ich konnte nichts sagen, während ich ihm dabei zusah, wie er einzelne Wassertropfen von meinen Brüsten leckte. Seine Zunge berührte meine Brustwarzen, um die Tropfen aufzufangen, die auf meine Oberschenkel zu fallen drohten.

Ich stöhnte und griff nach seinem Kopf, doch er drückte meine Hände weg und kniete sich auf den Boden, wo er meine Beine spreizte.

Eine Hitzewelle breitete sich zwischen meinen Schenkeln aus, denn der Anblick seines Kopfes in so einer intimen Position war so erotisch, dass ich die Augen schließen musste.

Ich erschauderte, als ich seinen warmen Atem an meiner Muschi spürte. Mein gesamter Körper spannte sich an, denn ich wusste, was jetzt kommen würde.

Ich hatte vorher bereits Sex gehabt, aber noch nie war ein Mann – irgendein Mann – begierig darauf gewesen, mich zu kosten. Und ich hatte mich noch nie so wohlgefühlt damit, so verdammt verletzlich zu sein.

Aber wenn es um Liam ging, war mir alles recht. Ich vertraute ihm.

Trotzdem war ich nicht auf den Moment vorbereitet, in dem seine Zunge von unten nach oben über mein empfindliches rosa Fleisch fuhr und dann langsam über meine Klitoris leckte.

Ich schrie auf, ein sinnloser Laut, der etwas der Anspannung entlud, die sich sehr schnell in mir aufgebaut hatte.

Er hatte kein Erbarmen mit mir. Sein Mund und seine Zunge verschlangen gierig jeden Tropfen Feuchtigkeit, der sich umgehend in meiner Muschi gesammelt hatte, sobald mir klar geworden war, dass *er* mir in die Dusche gefolgt war.

Er suchte, erforschte und verzehrte, wieder und wieder, bis mein Körper sich nicht länger anfühlte, als würde er zu mir gehören.

Wie er soeben gesagt hatte, ich gehörte *ihm*, obwohl ich es war, die jede seiner Berührungen erlebte.

Ich vergrub meine Hände in seinem Haar und hielt mich fest, denn ich brauchte etwas, das mich auf dem Boden hielt, bevor ich sprichwörtlich abhob.

Ich lehnte mich gegen den Spiegel, unfähig, etwas anderes zu tun, als nur zu fühlen. »Liam«, wimmerte ich und krallte mich dann noch fester in sein Haar. »Bitte.« Ich brauchte mehr. Ich brauchte *etwas*, aber ich wusste nicht, wie ich ihm sagen sollte, was genau ich so dringend begehrte.

Er benötigte jedoch keine Anweisungen. Als seine Hände unter meinen Po wanderten, um ihn gegen seinen unersättlichen Mund zu pressen, fand seine Zunge sofort das kleine Nervenbündel, das sich so sehr nach seiner Aufmerksamkeit sehnte.

»Ja!«, stöhnte ich. »Ja.«

Er atmete schwer an meinem zitternden Fleisch, als sei er von dem Geschmack meiner Muschi vollkommen berauscht und brauchte ihn als Nahrung.

Mein Körper antwortete mit einem kraftvollen Höhepunkt, der mich zitternd zurückließ und jedes Gefühl von mir offenbarte.

Mir blieb keine Zeit, um über meine Schwäche nachzudenken, und Liam seinerseits nutzte meine Verletzlichkeit ebenfalls nicht aus.

Er schlang meine Beine um seine Hüfte, wartete, bis ich meine Arme um seinen Hals gelegt hatte, und trug mich dann ins Schlafzimmer.

»Du gehörst ebenfalls zu mir«, teilte ich ihm mit einer lüsternen Stimme mit, die ich beinahe nicht als meine eigene erkannte, als er mich aufs Bett legte. Ich war nie der besitzergreifende Typ Frau gewesen, doch ich wollte *ihn* so sehr vereinnahmen, dass es mir körperliche Schmerzen bereitete.

Er warf mir einen erregten Blick zu. »Vielleicht hatte ich es nicht wahrhaben wollen, als ich dachte, du gehörst zu jemand anderem, aber ich habe jetzt keinerlei Verlangen, irgendetwas anderes zu glauben«, sagte er rau und in seinen lusterfüllten grünen Augen schimmerte die Hitze. »Du hast mich bereits verzaubert, als ich dich das erste Mal lächeln sah.«

Seine Worte gaben mir das Gefühl, eine ziemliche Verführerin zu sein, ich wusste jedoch, dass ich das sicherlich nicht war. Aber weil diese Worte von Liam stammten, machte mich dieses Geständnis unfassbar scharf.

Er hatte mich nervös gemacht, seit ich ihm zum ersten Mal in die Augen geblickt hatte. »Gut«, sagte ich und schlang meine Arme und Beine um ihn, während er sich auf mich legte. »Dann werde ich mir nehmen, was mir gehört«, neckte ich ihn.

Einen atemberaubenden Moment lang wartete er ab. Sein Schwanz befand sich noch nicht in mir, als er auf mich hinab sah.

Er zog eine Augenbraue hoch. »Wer nimmt hier wen?«

Ich schob ihm meine Hüften entgegen und strengte mich an, ihn in mich aufzunehmen. »Das ist mir egal«, sagte ich verzweifelt. »Tu es einfach.«

»Sag, dass du mir gehörst!«, befahl er mit tiefer, erregter Stimme. »Sag, dass du bei mir bleiben wirst, damit ich nicht den Verstand verliere.«

Ich verstand seine Verzweiflung. Ich wusste auch nicht, wie ich es überleben sollte, wenn wir nicht zusammen wären. Nicht jetzt, da wir einen Vorgeschmack darauf erhalten hatten, wie es wäre, ein gemeinsames Leben zu führen. »Ich gehöre dir«, murmelte ich, »und ich werde immer bei dir bleiben.«

»Gut«, sagte er und äffte meinen zufriedenen Tonfall nach, als ich dasselbe Wort von mir gegeben hatte.

Er drang mit einem kräftigen Stoß in mich ein, der jeden Gedanken in meinem Kopf auslöschte.

»Liam«, krächzte ich und meine Stimme versagte, als ich spürte, wie er sich in seiner vollen Länge in mir vergrub und mich so sehr ausfüllte, dass ich beinahe keine Luft mehr bekam.

»Bist du okay?«, fragte er.

»Ja.«

Ich hob meine Hüften an und genoss das Gefühl unserer Körper, die so eng miteinander verbunden waren. Liam war groß gebaut, aber mein Körper nahm ihn auf, als würde er zwischen meine zitternden Schenkel gehören.

»Ich will genau so bleiben«, brummte Liam. »Denn wenn ich mich nicht in dir befinde, dann will ich verdammt noch mal dort sein.«

Ich atmete stoßweise und spannte meine Beine um seine Hüften an. »Ich auch«, gestand ich.

Die kraftvolle Verbindung zwischen uns konnte einfach nicht verleugnet werden. »Leider will ich das hier aber mehr«, fügte er frustriert hinzu, als er sich zurückzog, um erneut in mich zu stoßen.

Ich wollte das Gleiche. Ich wollte, dass er mich so lange vögelte, bis wir beide erschöpft und befriedigt waren.

»Dann tu es«, bat ich verzweifelt. »Fick mich, Liam!«

Ich hatte ihn so lange begehrt, wie ich noch niemals einen anderen Mann begehrt hatte.

Er senkte den Kopf, um mich zu küssen, dann begann er, mich voller Inbrunst zu ficken. Seine Zunge drang in demselben, kräftigen Rhythmus in meinen Mund ein und zog sich wieder zurück, wie sein Schwanz sich in meiner Muschi bewegte.

Meine Fingernägel zerkratzten seinen Rücken, denn ich wollte unbedingt so viel von ihm in mir aufnehmen wie nur möglich. Das stets präsente Verlangen danach, in seinen Körper hineinzukriechen, spornte mich an, mich gemeinsam mit ihm zu bewegen.

Unsere Körper waren immer noch feucht und die Hitze unserer Haut brandmarkte mich an jeder Stelle, an der wir uns berührten.

Ich liebe dich, Liam. Ich liebe dich so sehr, dass ich nicht atmen kann.

Ich wollte diese Worte hinausschreien, aber ich war mir nicht sicher, ob ich bereit dazu war, so offen zu sein. Deshalb versuchte ich, ihm mit meinem Körper zu zeigen, wie sehr ich ihn brauchte. Ich hob meine Hüften an und versuchte, uns miteinander zu verschmelzen.

»Komm für mich, Brooke«, sagte er, als sein Mund meinen freigab. Seine Stimme war drängend, während sein starker Körper weiterhin mit aller Kraft in mich stieß.

Die fest zusammengerollte Feder in meinem Bauch begann, sich langsam auszuweiten.

Ich war körperlich erschöpft von dem langen Tag und meinem ersten Orgasmus, doch ich konnte immer noch spüren, wie mein Höhepunkt anfing, mich zu überrollen, ein dominantes Gefühl, das ich nicht kontrollieren konnte.

»Du bist so unglaublich schön«, sagte Liam, als er mit einem wilden Blick auf mich hinab schaute, der mir Angst einjagen sollte, es jedoch nicht tat.

Es war ein roher und intimer Moment, in dem wir uns beide hoffnungslos gegenseitig anstarrten.

Als ich endlich meine Augen schloss, tat ich es, weil ich einen so intensiven Orgasmus erlebte, dass ich jeder Empfindung hilflos ausgeliefert war und keine weitere Stimulation mehr ertragen konnte.

Liam stöhnte, als meine zitternde Muschi sich hart um seinen Schwanz schloss und ihn so fest hielt, als wollte sie ihn nie wieder gehen lassen.

Seine Stöße wurden härter und dringender, schneller, als ich mitzuhalten imstande war. Ich konnte mich nur noch an ihm festhalten, während mein Orgasmus seinen Höhepunkt erreichte. »Liam!«, schrie ich. »Fick mich fester!«

Er glitt mit einem letzten, gewaltigen Stoß in mich hinein, während er meinen Namen immer und immer wieder stöhnte und schließlich seine eigene Erlösung fand.

Er schlang die Arme um mich, rollte sich von mir herunter und zog mich dabei auf sich, sodass ich auf seiner Brust lag.

Keiner von uns sagte ein Wort, als wir langsam wieder zu Atem kamen. Endlich unterbrach Liam die Stille. »Eines Tages wirst du mich noch umbringen.«

Ich sah ihn lächelnd an. »Beschwerst du dich etwa?«

Er schüttelte langsam den Kopf und ein Grinsen breitete sich auf seinem attraktiven Gesicht aus. »Niemals.«

Ich gähnte, als ich mich neben ihn kuschelte, um mich auszuruhen. »Du bist müde«, stellte er unglücklich fest.

Ich legte meinen Kopf an seine Schulter. »Deine Schuld«, murmelte ich, während mir die Augen zufielen.

»Meine Schuld«, stimmte er zu und streichelte mir sanft über das Haar. »Schlaf jetzt. Es war ein anstrengender Tag.«

»Nicht mehr«, widersprach ich mit geschlossenen Augen. »Jetzt bist du ja hier.«

»Das werde ich auch immer sein«, antwortete Liam mit beruhigender, tiefer Stimme.

Ich wollte diesen Moment festhalten. Das Gefühl der Glückseligkeit genießen, das durch meinen Körper vibrierte.

Doch stattdessen seufzte ich nur und schlief ein.

Kapitel 16

LIAM

»Wenn du meiner Schwester wehtust, dann bringe ich dich um.«

Ich drehte meinen Kopf und sah den Urheber dieser Worte auf mich zukommen, während ich in Brookes Kühlschrank nach einem Proteingetränk griff. Nach der letzten Nacht mit ihr brauchte ich meine gesamte Energie.

In einem Haus voller Sinclairs ging ich zwar davon aus, dass einer von ihnen mich garantiert ausfindig machen und mein Leben bedrohen würde, Noahs Worte überraschten mich aber trotzdem, als er sich näherte.

Brookes Geschwister waren ausgeschlafen und in aller Herrgottsfrühe bei ihr in der Wohnung aufgetaucht. Jetzt war es bereits Nachmittag und ich musste mich der Realität stellen, dass ich sie nicht dazu bringen konnte, endlich zu gehen.

Ich entfernte den Deckel der Dose und war dankbar, dass sie zumindest etwas zu essen und zu trinken mitgebracht hatten.

Ich schloss den Kühlschrank und lehnte mich gegen die Arbeitsplatte. »Warum denkst du, dass ich ihr wehtun würde?«

Noah ging an mir vorbei, um sich ein Bier zu nehmen. »Ich habe ja nicht gesagt, dass du es wirst«, antwortete er schlecht gelaunt. »Es ist nur eine Warnung.«

Ich hatte herausgefunden, dass Noah nie sehr viel zu sagen hatte, aber wenn er einmal sprach, war es entweder drohend oder unterstützend. Er hatte seine Geschwister ganz offensichtlich an der kurzen Leine gehalten, zumindest hatte er das aber auf eine ermutigende Art und Weise getan.

Ich hob den Energydrink und leerte die halbe Dose in einem Zug, bevor ich antwortete: »Ich verstehe dich. Ich habe selbst eine jüngere Schwester.«

Noah warf mir einen Blick zu, der mir zu sagen schien, dass ich nichts darüber wusste, was er durchgemacht hatte.

Und vielleicht hatte ich das wirklich nicht.

Um ehrlich zu sein, bewunderte ich ihn, auch wenn er sich wie ein Arschloch verhielt. Ich konnte mir nicht vorstellen, wie es für ihn wohl gewesen sein musste, sich um seine fünf Geschwister zu kümmern, nachdem seine Mutter gestorben war.

Er drehte den Verschluss seines Bieres ab und nahm zahlreiche Schlucke, bevor er antwortete: »Brooke hat jede Menge durchmachen müssen und jetzt muss sie sich auch noch mit diesem Mist auseinandersetzen. Ich will sie jetzt mindestens zehn Jahre lang nicht mehr traurig sehen.«

»Ich will sie nie wieder weinen sehen«, gestand ich und erinnerte mich lebhaft daran, wie mein Herz in der vergangenen Nacht in eine Million Stücke zersprungen war, als Brooke ihren Schmerz und ihre Verwirrung losgelassen hatte. »Aber denk bloß nicht, ich lasse es zu, dass sie weiterhin kontrolliert wird. Es war nicht meine Schuld, dass sie traurig war.«

»Ich *kontrolliere* sie nicht«, sagte Noah drohend und in seinen Augen blitzten Ärger und Empörung auf.

»Dummes Zeug. Du hättest es ihr bereits eher sagen können.«

Ich war selbst ziemlich sauer auf Noah Sinclair, aber für Brooke war ich bereit, darüber hinwegzusehen.

Als seine Geschwister noch jünger waren, hatte er eine Menge Aufgaben in ihrem Leben erfüllen müssen. Ich konnte von mir nicht behaupten, dass ich jemals das hätte leisten können, was er getan hat.

Um ehrlich zu sein, hatte die gesamte Sinclair-Sippe das getan, was sie für das Beste für Brooke gehalten hatte. Trotzdem wusste ich, dass sie es allen übel nahm, nicht schon früher eingeweiht worden zu sein.

»Ich konnte nicht«, gab Noah hitzköpfig zurück. »Denkst du etwa, ich quäle mich nicht mit jeder einzelnen Entscheidung herum, die wir ihretwegen getroffen haben? Sie war nicht bereit, noch irgendetwas anderes zu verarbeiten.«

»Das hast du gedacht«, forderte ich ihn heraus. »Du hast für eine erwachsene Frau die Entscheidungen getroffen. Brooke ist sehr viel stärker, als du denkst.«

»Für mich ist sie immer noch ein kleines Mädchen«, gestand Noah.

»Das ist sie nicht«, informierte ich ihn, ohne zu zögern.

»Ich wollte nie ihr *Vater* sein. Auf gar keinen Fall habe ich irgendeins meiner Geschwister zurückhalten wollen«, sagte Noah und in seiner Stimme schwang Reue. »Ich wollte nur, dass es meiner gesamten Familie gut geht.«

Ich konnte die Sorge auf seinem Gesicht erkennen und die Verantwortung, die ihm wie eine schwere Decke über den Schultern zu hängen schien. »Ich kann nicht behaupten, dass ich genau verstehe, wie du dich fühlst«, sagte ich zu ihm. »Aber ich weiß, dass es für euch alle sehr schwer gewesen sein muss. Versuch mal, dich etwas zu entspannen. Du musstest dich um so viele Dinge kümmern. Aber deine Brüder und Schwestern sind jetzt alle erwachsen.« Ich hatte das Gefühl, dass Noah anfangen musste, sein eigenes Leben zu führen, etwas, das er früher hatte hintanstellen müssen.

Brooke hatte mir genug darüber erzählt, wie sie aufgewachsen war, ich konnte also verstehen, welche Hölle Noah hatte durchschreiten müssen, als er die Verantwortung für eine so junge Familie übernommen hatte, wo er selbst doch kaum alt genug gewesen war, um wählen zu dürfen. Sie alle hatten es zu schätzen gewusst und im Gegenzug für Noahs Opfer versucht, so gut wie möglich zu helfen.

Nicht viele Menschen waren dazu imstande und hatten am Ende eine so tolle Familie wie Noah.

Sein Gesicht war düster, als er antwortete: »Du hast ja keine Ahnung. Ich wusste, dass ich sie verlieren würde, wenn ich ihnen nicht helfen könnte. Ich hatte Momente, in denen ich dachte, sie wären in einer Pflegefamilie oder bei Adoptiveltern besser aufgehoben. Aber ich konnte das einfach nicht zulassen.«

Ich verstand. Adoptierte Kinder oder Pflegekinder wurden nicht immer automatisch glücklicher und landeten auch nicht immer in einer guten Familie. Sie hätten es auf gut Glück versuchen müssen und genau wie Noah bezweifelte ich, dass ich dieses Risiko mit Tessa eingegangen wäre, wenn ich eine Entscheidung hätte treffen müssen.

»Sie sind jetzt alle erwachsen, Mann«, sagte ich mit ruhigerer Stimme. »Du hast es geschafft, auch ohne die Hilfe des Namens Sinclair oder Geld. Darauf kannst du stolz sein.«

An diesem Vormittag hatte ich mit Ausnahme von Owen alle Geschwister getroffen. Brookes jüngster Bruder hielt sich wegen seiner Facharztausbildung in einem anderen Bundesstaat auf.

Jade sah Brooke sehr ähnlich, obwohl sie keine eineiigen Zwillinge waren. Und sie hatten beide unverwechselbare Persönlichkeiten. Dennoch spürte ich bei Jade die gleiche Liebenswürdigkeit wie auch bei Brooke.

Gut, Seth und Aiden waren beide Arschlöcher, aber ich wusste, dass sie ihre Geschwister nur auf ihre eigene unausstehliche Weise beschützen wollten.

Allen Erwartungen zum Trotz waren die Sinclairs aus Kalifornien alle zu normalen Menschen herangewachsen, auch wenn sie etwas kantig waren.

Noah fuhr sich mit einer Hand durch sein dunkles Haar und sah mich mit gerunzelter Stirn an. »Ich glaube, jetzt, wo ich sie alle aufgezogen habe, leide ich unter posttraumatischem Stress.«

Ich konnte mir vorstellen, dass es schwierig sein würde, ihnen allen mehr Freiheit zu geben, damit sie ihre eigenen Fehler machen konnten. Noah war viele Jahre lang der ältere Bruder und Ersatzvater gewesen. Ich hatte gesehen, wie er aufmerksam alles verfolgt hatte, was seine Brüder und Schwestern sagten und taten, und dann seine eigenen Ratschläge gegeben hatte. Er erinnerte mich an mich selbst und wie ich mit Tessa umgegangen bin. »Manchmal müssen sie die Dinge selbst herausfinden. Ich habe eine Schwester, die in sehr jungen Jahren gehörlos geworden ist. Unsere Eltern sind bei einem Unfall ums Leben gekommen, deswegen war ich alles, was sie hatte.«

Noah trank einige Schlucke von seinem Bier. Er dachte eine Weile nach, dann antwortete er: »Ich weiß nicht, wie ich reagiert hätte, wenn einer meiner Schwestern das Gleiche zugestoßen wäre.«

»Sie hat mit Hilfe eines Cochlea-Implantats ihr Gehör wiedererlangt und einen eurer Cousins geheiratet, Micah. Sie ist glücklich, aber der Beschützerinstinkt bleibt einem Menschen auch dann erhalten, wenn er nicht mehr gebraucht wird.«

»Ich denke, dass Seth, Aiden und ich immer das Gefühl haben werden, auf Brooke, Jade und Owen aufpassen zu müssen«, sagte er unglücklich.

Ich zuckte mit den Schultern. »Das wird niemals verschwinden. Aber mit der Zeit wird es besser. Irgendwann erkennst du, dass sie alle erwachsen sind und auf sich selbst aufpassen können.«

»Das bezweifele ich«, entgegnete Noah.

Ich hatte meine eigenen Bedenken, dass Brookes Brüder sie jemals als erwachsene Frau sehen würden, aber das würde ich vor Noah ganz bestimmt nicht erwähnen. »Ich werde auf sie aufpassen«, sagte ich.

»Wehe, wenn nicht«, knurrte er. »Ich sehe doch, wie sie dich anschaut. Du könntest ihr mehr wehtun als jeder andere Mann auf diesem Planeten.«

»Sie kann mich ebenso sehr verletzen«, antwortete ich. »Das ist mir klar geworden, kurz nachdem sie in Amesport eingetroffen ist.«

»Ich will nicht, dass sie an die Ostküste zieht«, murmelte er.

»Das wird ihre Entscheidung sein«, sagte ich, denn ich war nicht bereit zuzulassen, dass Brooke von ihrer Familie beeinflusst wurde. »Ich habe kein Problem damit hierzubleiben.«

»Was ist mit deinem Restaurant? Evan hat mir erzählt, dass es sich seit Generationen in Familienbesitz befindet.«

Ich zuckte mit den Schultern. »Prioritäten ändern sich eben.«

Wenn Brooke an der Westküste leben wollte, war ich mehr als nur damit einverstanden umzuziehen. Sie war meine Priorität. Ich würde es vermissen, das *Sullivan's* zu führen, aber ich besaß das Geld, um ein anderes Lokal zu eröffnen. Gleich mehrere, wenn ich das wollte. Aber Brooke gab es nur ein einziges Mal.

»Du würdest für sie dein Zuhause und deine Schwester zurücklassen?«, fragte er vorsichtig.

Ich nickte. Ich hatte eine Weile gebraucht, um zu dem Entschluss zu gelangen, dass es keine Rolle spielte, wo wir lebten. Ich wollte nur dafür sorgen, dass wir immer *zusammen* sein würden. »Tessa hat Micah und sie ist unabhängig, auch wenn ich versucht habe, das zu leugnen. Meine Schwester hat viele Freunde und die Sinclair-Familie in Amesport, die sie über alles liebt. Und es ist ja nicht so, als könnte ich nicht zu ihr fahren, wenn sie mich braucht.«

»Und das Restaurant?«, wollte Noah wissen.

»Ich würde einen Manager einstellen. Es gefällt mir zwar, es selbst zu führen, aber im Großen und Ganzen spielt es keine Rolle. Brooke ist mir um ein Vielfaches wichtiger.«

»Evan hat gesagt, dass du reich bist«, meinte Noah und musterte mich von oben bis unten.

»Nicht so reich wie Brooke mit ihrem Erbe, aber ich glaube nicht, dass Geld sehr wichtig sein wird. Es hat mir nie sehr viel bedeutet. Aber wenn sie morgen alles verlieren sollte, dann kann ich für den Rest ihres Lebens für sie sorgen.«

Noah schnaubte. »Das dachte ich mir. Es hat einmal eine Zeit gegeben, da hätte ich mich gefreut, wenn sie einen Mann mit einem guten Beruf gefunden hätte. Jetzt beschäftigen wir uns mit Haarspaltereien, ob nun jemand ein Millionär oder Milliardär ist. Das kommt mir irgendwie lächerlich vor.«

Brookes Bruder schien immer noch Schwierigkeiten damit zu haben, plötzlich so viel Geld zu besitzen. »Du wirst dich daran gewöhnen«, sagte ich zu ihm. »Es verändert nicht, wer du bist.«

Er sah mich mit einem düsteren Gesichtsausdruck an. »Aber manchmal verändert es die Menschen in deinem Umfeld.«

Ich schüttelte den Kopf. »Nicht wenn du dich mit den richtigen Menschen umgibst.«

»Sind meine Halbgeschwister in Amesport die richtigen Menschen?«

Ich wusste, dass Noah versuchte, mich nach ihnen auszufragen. Es war offensichtlich, dass er neugierig auf seine zweite Familie war. »Sie alle sind wunderbare Menschen. Du kennst ja bereits Evan, und auch wenn er ein Arschloch ist, sorgt er sich um die Menschen, die er liebt.«

Vielleicht waren Brookes Geschwister manchmal etwas ruppig. Vielleicht waren sie ohne finanziellen Rückhalt aufgewachsen, aber sie würden den Reichtum bestimmt sehr viel mehr wertschätzen, weil sie in Armut gelebt hatten.

»Evan kann ein Idiot sein«, stimmte Noah zu. »Aber es ist nicht schwer, ihn zu durchschauen. Er hätte uns nicht bedenken müssen, als er den Besitz unseres Vaters aufgeteilt hat. Er hätte sich nicht den Arsch aufreißen müssen, um das Vermögen noch weiter anwachsen zu lassen. Aber er hat es getan.«

»Er hätte es dem Rest seiner Familie mitteilen sollen«, sagte ich zu Noah. »Ich kann mir nicht vorstellen, dass irgendeiner von ihnen glücklich darüber sein wird, wenn sie herausfinden, dass ihr existiert und sie nichts von euch gewusst haben.«

Noah zuckte mit den Schultern. »Ich hätte genauso gehandelt. Es ergibt doch keinen Sinn, die Pferde scheu zu machen, wenn die Halbgeschwister nicht gefunden werden können.«

Ich grinste. Noah war kontrollsüchtig, auch wenn er das nicht zugeben wollte. Er erinnerte mich sehr an Evan, deshalb war es für mich nicht überraschend, dass sie sich gegenseitig verstanden.

Ich wechselte das Thema und sprach über seine Drohung, mich umzubringen. »Ganz egal, wo wir hingehen, Brooke wird glücklich sein. Darauf kannst du dich verlassen.«

»Bist du dir sicher, dass sie bei dir bleiben wird?«, fragte Noah, nachdem er sein Bier geleert hatte.

Nein, ich war mir ganz und gar nicht sicher, dass Brooke mir ein lebenslanges Versprechen geben würde, aber ich musste daran glauben, dass sie es tun würde. Wenn sie es nicht täte, wäre mein Leben wertlos. »Das hoffe ich.«

Ich trank ebenfalls aus und warf die Dose in den Mülleimer. Noah warf seine Flasche aus etwas größerer Distanz und traf sein Ziel perfekt. »Ihr kommt besser sehr oft zu Besuch«, brummte er.

»Woher willst du wissen, dass sie mit mir zurück nach Maine kommt?«, fragte ich.

Er sah mich wissend an. »Ich kenne sie schon sehr viel länger als du«, erklärte er. »Brooke war immer schon die sensiblere meiner beiden Schwestern. Als sie noch jünger waren, konnte Jade sie ganz einfach zu Blödsinn anstiften, doch inzwischen haben sie sich ... verändert.«

»Wie denn?«

»Brooke hat sich nie groß für Männer interessiert. Wenn sie einmal einen Kerl mochte, dann dauerte die Beziehung nicht lange. Sie schien immer in Ruhe auf etwas Außergewöhnliches zu warten.«

»Wie mich?«, scherzte ich.

»Vielleicht auf den Richtigen«, stimmte Noah zu, verstand meinen Witz jedoch nicht.

»Was ist mit Jade?«, fragte ich neugierig.

»Sie ist vollkommen desillusioniert«, antwortete er unglücklich. »Sie ist auf die Nase gefallen und braucht deshalb lange, bis sie jemandem vertraut. Wenn es um andere geht, ist sie immer noch eine Romantikerin, aber für sich selbst glaubt sie nicht mehr daran.«

»Irgendwann wird sie jemanden finden, dem sie vertrauen kann«, tröstete ich ihn. »Mit Tessa war es genauso.«

Meine Schwester war böse verletzt worden, aber nachdem sie Micah gefunden hatte, waren ihre Wunden verheilt.

»Ich will, dass alle meine Geschwister glücklich sind«, sagte Noah mit Anspannung in der Stimme.

»Was ist mit dir?« Ich bemerkte, dass Noah so besorgt um seine Familie war, dass er sich vermutlich nie die Zeit genommen hatte, um über sein eigenes Glück nachzudenken.

»Das ist egal«, sagte er barsch. »Ich hatte zu viel Verantwortung, um mir über mich selbst Sorgen zu machen.«

»Es ist nicht egal«, widersprach ich.

»Mir schon«, erklärte er ernst.

Ich besah mir seinen nüchternen Gesichtsausdruck, als ich zurück in das kleine Wohnzimmer ging, in dem mehr Sinclairs saßen, als ich momentan ertragen konnte. »Deiner Familie ist es nicht egal«, sagte ich leise.

»Das habe ich schon bemerkt«, antwortete er mit brüchiger Stimme. »Jade versucht, mich mit jeder Frau zu verkuppeln, von der sie denkt, dass sie mich glücklich machen würde. Sie versteht jedoch nicht, dass ich im Moment mit meiner Firma verheiratet bin. Ich will das Geld wert sein, das ich geerbt habe.«

Ich schnaubte. »Du warst es bereits wert, als du geboren wurdest.«

»Evan und seine Familie sind erfolgreich«, sagte er.

»Vielleicht wären sie das nicht, wenn sie nicht schon reich zur Welt gekommen wären. Du kannst eure Situation nicht miteinander vergleichen.«

»Das vielleicht nicht«, stimmte er zu, »aber ich habe immer erfolgreich mit meinem eigenen Unternehmen sein wollen. Die Chance dazu habe ich jetzt.«

Die Welt stand Noah so weit offen wie noch niemals zuvor. Er konnte werden, was immer er wollte. Obwohl sie überhaupt nicht gleich aufgewachsen waren, konnte ich dennoch so viel von Evan in Noah erkennen. Noah besaß die gleiche Motivation und Entschlossenheit wie Evan.

Als wir das überfüllte Wohnzimmer betraten, hoffte ich nur, dass er nicht zu so einem Arschloch werden würde wie sein Halbbruder.

Kapitel 17

BROOKE

»Ich weiß, dass es heute ziemlich überwältigend war«, sagte ich zögernd, als ich mit Liam Hand in Hand am Strand von Citrus Beach entlang spazierte.

Meine Familie wurde immer etwas anstrengend, wenn sie sich geschlossen an einem Ort aufhielt, aber nachdem ich sie gesehen und mit meinen Geschwistern gesprochen hatte, war mir vor Erleichterung ein Stein vom Herzen gefallen. Ich wünschte, dass Owen hätte kommen können, doch das war unmöglich gewesen.

Ich seufzte, als ich den Wellen dabei zusah, wie sie sich am Strand brachen. An diesem wunderschönen Teil des Strandes, den ich als Kind immer besucht hatte, befanden sich nur wenige Menschen. Zum Schwimmen war es zu kalt und der Himmel war bewölkt, aber es fühlte sich trotzdem gut an, an einem so vertrauten Ort zu sein.

Für meine gesamte Familie hatten sich die Dinge verändert und nichts war mehr so, wie es gewesen war, als ich Citrus Beach verlassen hatte, doch die Veränderungen waren positiver Natur.

Noah baute sich langsam sein eigenes Unternehmen auf.

Seth und Aiden schienen etwas zornig zu sein wegen dem, was unser Vater unserer Mutter angetan hatte, und ich konnte es ihnen nicht verdenken. Ich glaube, dass jeder Einzelne von uns unseren Vater gehasst hat und mit ihm den Mist, den unsere Mutter aufgrund seiner Bigamie hatte durchmachen müssen.

Irgendwann würden wir es vielleicht anders sehen, aber das bezweifelte ich. Ich hoffte jedoch, dass Seth und Aiden eines Tages zumindest weniger wütend über das Geschehene sein konnten. Sie hatten sich in Geschäftsdingen zusammengetan und schienen mit ihrem Schicksal zufrieden zu sein.

Jade war die Einzige, der es nicht gut zu gehen schien, aber sie weigerte sich, mit dem herauszurücken, was sie belastete.

Liam drückte meine Hand und antwortete: »Sie sind deine Familie. Ich muss sie nicht alle lieben.«

»Sie werden dir schon noch ans Herz wachsen«, warnte ich ihn mit einem Lächeln.

Liam sah meine Geschwister derzeit in einem schlechten Licht. Meine Brüder waren mehr als nur besitzergreifend. Wenn sie sich für eine gute Sache zusammentaten, waren sie sogar gefährlich.

Liam hielt an und sah mich an. Mein Atem stockte, als ich ihn betrachtete. Sein Haar war vom Wind leicht zerzaust und sein Gesichtsausdruck düster.

»Ich hatte bis jetzt noch keine Gelegenheit, sie kennenzulernen«, erklärte er. »Aber ich möchte es.«

Ich suchte sein Gesicht ab. Ich wusste, dass er mir irgendetwas mitteilen wollte. »Was meinst du damit?«, hakte ich nach. Vor Aufregung klopfte mir dabei mein Herz bis zum Hals.

»Ich will mit dir hierbleiben, Brooke. Ich will uns ein schönes Haus bauen und unsere Kinder hier großziehen, wenn du schwanger wirst.«

Meine Brust schmerzte, als ich sah, wie ernst es ihm war. Ich wollte Kinder haben, ich hatte nur noch nicht den richtigen Mann dafür gefunden, deswegen dachte ich nicht viel darüber nach.

Ich sah dabei zu, wie Liam in seiner Jeanstasche wühlte und schließlich fand, wonach er gesucht hatte.

Er zog eine kleine Schachtel hervor, öffnete sie und die Luft, die ich angehalten hatte, entwich zischend aus meinem Körper, als ich einen wunderschönen Diamantring sah.

Ich blickte von seinem Gesicht zu dem Ring und das Blut rauschte mir in den Ohren.

»Ich liebe dich, Brooke«, brummte er. »Vermutlich seit ich dich zum ersten Mal gesehen habe, aber damals hatte ich noch nicht darüber nachdenken wollen. Es tut mir weh, was du hast durchmachen müssen, aber ich wünsche mir die Gelegenheit, dir zu zeigen, wie sich echtes Glück anfühlt.« Er hielt kurz inne, dann sagte er: »Heirate mich.«

Für einen Moment stand die Zeit still, während ich versuchte, mir darüber klar zu werden, was er da gerade gesagt hatte.

Er war bereit, meinetwegen hierzubleiben? Er wollte, dass ich seine Frau werde?

»Ich liebe dich auch«, sagte ich schnell und war erleichtert, dass ich endlich meine Gefühle in Worte fassen konnte.

Plötzlich grinste er spitzbübisch. »Weißt du eigentlich, wie lange ich das schon hören wollte?«

»N-nein«, stammelte ich, denn ich war immer noch viel zu erstaunt, um überhaupt zu begreifen, was gerade geschah.

Ich wusste, dass Liam Gefühle für mich hatte, aber ich hatte nicht erwartet, dass er mir anbieten würde, Amesport zu verlassen, um mit mir in Kalifornien zu leben.

»Ich habe ihn in Boston gekauft«, erklärte er. »Deswegen hat es mir auch nichts ausgemacht, dorthin zu fahren.«

Er nahm den zauberhaften Ring aus dem samtenen Futter und steckte das Kästchen zurück in seine Hosentasche.

»Er ist wunderschön«, brachte ich stammelnd hervor.

»Heirate. Mich«, wiederholte Liam in forderndem Ton.

»Es klingt nicht gerade so, als würdest du mich fragen«, neckte ich ihn. Tatsächlich jedoch zitterten meine Hände und mein Herz fühlte sich an, als würde es mir jeden Augenblick aus der Brust springen.

Liam würde immer anspruchsvoll sein, aber das störte mich nicht. Ich wusste, was sich hinter seinem Getöse verbarg. *Der Mann, der immer schon zu mir gehört hat.*

»Ich will vielleicht einfach nicht, dass du die Chance hast, Nein zu sagen«, erklärte er mit roher, tiefer Stimme.

»Ich werde nicht Nein sagen«, teilte ich ihm mit und meine Stimme zitterte bei dieser Antwort. »Ich sage definitiv *Ja*.«

Ich warf mich ihm in die Arme und genoss das Gefühl, als sie sich um mich schlossen.

Wie sollte eine Frau denn reagieren, wenn sie gerade alles bekommen hatte, nach dem sich ihr Herz gesehnt hatte?

Ich fühlte mich frei, aber dennoch beschützt.

Genau wie Liam hatte ich immer schon eine Verbindung zwischen uns gespürt.

Er war der Mann, auf den ich gewartet hatte, aber die Umstände waren für uns am Anfang einfach nicht passend gewesen.

»Ich glaube, ich habe die ganze Zeit nur auf dich gewartet«, sagte ich mit einem glücklichen Schluchzer.

Er trat einen Schritt zurück und küsste mich. Unsere Münder trafen und verbanden sich mit einem unwirklichen Hunger, der mich immer vollkommen übermannte, wenn wir zusammen waren.

Mein Körper war sofort bereit, sich von ihm vereinnahmen zu lassen, so wie jedes Mal, wenn Liam mich berührte.

Nachdem er meine Lippen freigegeben hatte, fasste er mich an den Schultern und schob mich zurück. »Ich will diesen Ring an deinem Finger sehen.«

Ich gehorchte, indem ich meine zitternde Hand ausstreckte, und hielt ein weiteres Mal den Atem an, als er mir mit etwas Mühe den Ring ansteckte.

»Er passt«, sagte ich, nachdem ich die aufgestaute Luft ausgeatmet hatte.

»Selbstverständlich passt er«, sagte er. »Hast du etwa gedacht, ich würde es zulassen, dass du ihn abnimmst? Aber ich muss schon sagen, es war nicht gerade einfach, deinen Finger mit einem Bindfaden abzumessen, während du geschlafen hast.«

Ich lachte, als ich mir vorstellte, wie frustriert er vermutlich gewesen war, als er versucht hatte, einen dünnen Faden mit seinen großen Händen unter Kontrolle zu bekommen. Es war liebenswert und komisch zugleich.

»Wir können ihn aber umtauschen, wenn er dir nicht gefällt«, sagte er und in seiner Stimme schwang ein klein wenig Nervosität mit, die für ihn untypisch war.

Ich legte mir die Hand auf die Brust. »Ich liebe ihn«, sagte ich mit Nachdruck, denn ich wusste, dass ich ihn niemals gegen irgendetwas anderes eintauschen würde, selbst wenn er mir nicht so gut gefallen hätte. Ich konnte sehen, dass Liam sehr genau darüber nachgedacht hatte, welchen Ring er auswählen sollte, und das ließ mir die Tränen in die Augen steigen.

»Ich liebe dich«, sagte er ernst, nahm meine linke Hand von meiner Brust und führte sie sich an die Lippen.

Tränen liefen meine Wangen hinunter und ich antwortete, ohne zu zögern: »Ich liebe dich auch.«

Der große, attraktive Mann, der da vor mir stand, war zu meinem Ein und Alles geworden. Ich hatte vermutlich bereits von Anfang an gewusst, dass es möglich sein würde, aber wir waren beide davor zurückgeschreckt.

Ich musste zugeben, dass die Ungeheuerlichkeit, mit der ich Liam liebte, mir Angst einflößte, aber ich war bereit, ein Risiko einzugehen.

Er zog mich in seine Arme und hielt mich fest, als sei ich das Wertvollste, das er auf der ganzen Welt besaß. »Meine Güte, Brooke! Mit dir habe ich nie gerechnet.«

»Vielleicht ist es deswegen so besonders«, antwortete ich mit tränenerstickter Stimme an seinem Ohr.

Einige Augenblicke schwiegen wir und versuchten, die Tatsache zu erfassen, dass wir beide uns nie wieder würden trennen müssen.

Ich ließ ihn nicht los, als ich leise sagte: »Ich möchte nach Amesport ziehen.«

Liam lehnte sich gerade ausreichend zurück, um mein Gesicht sehen zu können. »Was sagst du da?«

»Ich will zurück an die Ostküste.« Das kleine Küstenstädtchen war mir ans Herz gewachsen und ich konnte auch dort eine Arbeit finden.

Verdammt, ich konnte sogar mein eigenes Unternehmen gründen, wenn ich es wollte. Mein jetziger Reichtum öffnete mir Türen, von denen ich vor meiner Erbschaft niemals gedacht hätte, einen Blick dahinter werfen zu können.

»Warum willst du mit mir zurückgehen?«, fragte er mit ungläubigem Blick.

»Weil ich so gern die besten Hummerbrötchen im Land esse«, scherzte ich. »Und ich würde den Kaffee und die Schokolade vermissen.«

»Aber deine Familie –«

»Immer wenn ich nach Hause komme, wird sie hier sein. Außerdem können meine Geschwister uns auch in Amesport besuchen. Alle von ihnen werden die Sinclairs in Maine treffen und kennenlernen wollen.«

»Brooke, darüber müssen wir uns erst unterhalten –«

»Das brauchen wir nicht«, versicherte ich ihm. »Ich liebe meine Familie, aber es wird Zeit, dass ich das tue, was *mich* glücklich macht. Es gibt keine Garantie dafür, dass wir alle auf Dauer hierbleiben. Wir müssen alle unser eigenes Leben führen. Es ist ja schließlich nicht so, als könnten wir uns nicht in ein Flugzeug setzen, wenn uns die Sehnsucht packt.«

»Bist du dir sicher?«

Ich nickte. »Als wir vorhin an der Bank vorbeigefahren sind, wusste ich, dass es Zeit für einen Neuanfang ist.«

Das hier war zwar meine Heimatstadt, aber ich war bereit dazu, meine Flügel auszubreiten und das Nest zu verlassen. Mir war ein Schauer über den Rücken gelaufen, als wir den Ort des Raubüberfalls passiert hatten, und ich wusste, dass er für mich immer mit Trauer verbunden sein würde. Für alle anderen in der Stadt war nach dem Vorfall wieder Normalität eingekehrt, doch für mich würde nichts jemals wieder so sein wie zuvor.

»Schlimme Erinnerungen«, sagte er leise und strich mir eine Haarsträhne aus dem Gesicht.

»Ja. Wenn ich hierbleibe, werde ich immer daran erinnert werden, was passiert ist.«

»Dann werden wir eben in Amesport leben«, stimmte er freudig zu.

»Es ist nicht nur wegen des Überfalls«, versicherte ich ihm. »Ich will dort mit dir zusammen sein.«

Ich hatte angefangen, das *Sullivan's* und alle Gäste, die ich dort regelmäßig sah, zu mögen. Ich wollte den Rest meiner Familie kennenlernen, ohne meine Identität verbergen zu müssen.

Ich teilte Liam alle meine Gründe mit, warum ich in Amesport leben wollte, während er mir aufmerksam zuhörte.

Als ich fertig war, sah er erleichtert aus. »Xander brauchst du nicht unbedingt zu treffen«, sagte er. »Er ist ein Idiot.«

Ich boxte ihn zum Spaß gegen die Schulter. »Das meinst du doch nicht ernst«, entgegnete ich. »Du würdest nicht so viel Zeit mit ihm verbringen, wenn du ihn nicht mögen würdest.«

»Er ist ein Spinner.«

Ich kicherte, denn ich wusste, dass er und Xander es liebten, sich gegenseitig auf die Schippe zu nehmen. »Ich habe ja noch mehr Familie dort«, erinnerte ich ihn.

»Ja«, sagte er unglücklich. »Ich werde mich jetzt schon daran gewöhnen müssen, dass sie alle da sind. Mit Micah komme ich ganz gut aus, aber auf Evan könnte ich verzichten.«

Ich lächelte ihn strahlend an, denn ich wusste, dass er jeden Einzelnen von ihnen willkommen heißen würde, ganz egal, wie sehr er sich beschwerte. »Ich liebe dich, Liam.«

Mein Herz fühlte sich an, als würde es vor Glück explodieren wollen, ein Gefühl, das ich definitiv nicht gewohnt war.

Er gab mir einen ehrfurchtsvollen Kuss auf die Stirn. »Ich liebe dich auch, Baby. Glaub ja nicht, dass ich nicht weiß, wie verdammt glücklich ich mich schätzen kann.«

Ich war ebenfalls glücklich und würde den Rest meines Lebens mit einem Mann verbringen, der bereit war, ein so großes Opfer für mich zu bringen, auch wenn ich es nicht erwartet hatte.

Ich strich über seine stoppelige Wange und schlug vor: »Lass uns nach Hause gehen.«

»Nach Amesport?«, fragte er heiser.

»Heute können wir erst noch einmal in meiner Wohnung schlafen«, schlug ich vor, denn mein Körper schrie geradezu danach, den Mann, den ich liebte, nackt zu sehen. »Und morgen machen wir uns dann auf den Weg nach Amesport.«

»Wir können gen Osten aufbrechen, wann immer du willst. Ich werde dir alle Zeit der Welt geben«, antwortete er mit rauer Stimme. »Aber genau jetzt weiß ich nicht, ob ich dich morgen früh aus dem Bett lasse.«

»Ich bin mir gar nicht sicher, ob ich das will«, antwortete ich.

Er hob mich hoch und drehte sich mit mir einmal im Kreis, bevor er mich wieder absetzte. »Wir werden uns schon einigen«, sagte er und seine Augen brannten sich in mich, während er mich mit einem begehrlichen Blick ansah. »Doch jetzt will ich nur, dass du nackt bist.«

Er nahm meine Hand und wir machten uns auf den Weg zurück zum Auto. Zum Glück stand mir der Sinn nach genau der gleichen Sache wie ihm.

Kapitel 18

JADE

In dem Moment, in dem er das Restaurant betrat, wusste ich, dass er da war.

Ich sah ihn zwar nicht, aber das brauchte ich auch nicht. Seine Anwesenheit ließ einen Schauer über meinen Rücken gleiten, ein Gefühl, das so unangenehm war, dass ich mich dazu zwingen musste, nicht unruhig auf meinem Stuhl herumzurutschen.

Ich wandte meine Aufmerksamkeit wieder dem großen Tisch mit den vielen Menschen zu, die alle zu meiner Familie gehörten. Brooke hatte ihre Abreise um einen weiteren Tag verschoben, damit wir alle gemeinsam zu Abend essen konnten, bevor sie zurückflog.

Wir hatten ein hübsches Restaurant in San Diego ausgewählt, dessen Inhaber Eli Stone war. Trotzdem hatte ich mir gedacht, dass die Chancen eines Auftauchens seinerseits gegen Null tendieren würden.

Ich hatte mich getäuscht.

So ein Mist! Was tut er denn hier?

Sicher, ihm gehörte das Lokal, aber er konnte zahlreiche exquisite Restaurants sein Eigen nennen.

Ich drehte den Kopf und suchte im Gastraum nach ihm. Es dauerte nicht lange, da hatte ich ihn bereits erblickt. Er saß gemeinsam mit einem weiteren Mann in maßgeschneidertem Anzug in einem etwas abgelegenen Bereich. Seinen Freund erkannte ich nicht, aber dem Äußeren nach zu urteilen, war er genauso reich wie Eli Stone.

»Jade? Ist alles in Ordnung?«

Ich hatte keine Ahnung, wie lange meine Zwillingsschwester bereits mit mir gesprochen hatte, aber der Klang ihrer besorgten Stimme brachte mich blitzschnell wieder in die Realität zurück.

»Mir geht es gut«, sagte ich sofort.

»Du siehst aber nicht *gut* aus«, beobachtete sie. »Hast du gerade ein Gespenst gesehen?«

»Ich dachte, ich hätte jemanden erkannt«, erklärte ich. »Aber ich habe mich getäuscht.« Brooke saß direkt neben mir, ihr Verlobter hatte auf der anderen Seite Platz genommen. Sie warf mir einen fragenden Blick zu, doch ich lächelte sie nur an.

Dieser Abend gehörte Brooke. Wir waren hierhergekommen, um ihre Verlobung zu feiern. Ich weigerte mich, mir von einem Arschloch in einem perfekt sitzenden Anzug die Stimmung verderben zu lassen.

Ich hasste die Tatsache, dass Brooke auf der anderen Seite des Landes leben würde, aber ich war bereit, dafür zu leiden. Meine einzige Schwester war glücklich und wenn das bedeutete, dass ich mich in ein Flugzeug setzen musste, um sie zu sehen, dann hatte ich damit kein Problem. Wenn sie nur so zufrieden und fröhlich blieb, wie sie es jetzt war, würde es das Opfer wert sein.

»Ich mache mir Sorgen um dich«, sagte Brooke und klang bedrückt.

»Das brauchst du nicht«, bekräftigte ich. »Es ist alles okay.«

Meine Güte, wer würde sich denn nicht vollkommen glücklich schätzen, wenn er ein Vermögen geerbt hatte? Eli Stone war nichts weiter als eine Nervensäge. Er war es nicht wert, auch nur einen einzigen Gedanken an ihn zu verschwenden.

»Das glaube ich dir nicht. Irgendetwas stimmt doch nicht mit dir.«

Brooke und ich hatten immer schon diese Zwillingsverbindung zueinander gehabt. Genau wie ich spüren konnte, dass sie glücklich darüber war, den Mann ihrer Träume gefunden zu haben, entging es ihr ebenso wenig, dass ich nervös war.

In diesem Augenblick hasste ich die Verbindung.

»Es ist nur die Arbeit«, antwortete ich. »Nichts Wichtiges.«

Es gefiel mir gut, Eli Stone als unwichtig abzustempeln. Vielleicht gerade deshalb, *weil* er für mich vollkommen unbedeutend war.

Brooke legte eine Hand auf meinen Arm. »Ich wohne vielleicht weit weg, aber ich bin immer für dich da, wenn du mich brauchst. Die Reise an sich ist jetzt ja kein Problem mehr.«

Ich lachte. »Es ist kein Problem, wenn du das Geld besitzt, um zu reisen.«

Ich hatte mich noch nicht daran gewöhnt, Milliardärin zu sein. Manchmal fühlte es sich an, als würde ich eine Rolle spielen, die so gar nicht zu mir passte. Dennoch gefiel es mir, meine eigenen Entscheidungen zu treffen, und ich würde es nicht zulassen, dass mir ein Idiot wie Eli Stone in die Quere kam.

»Ist es wegen des Geldes?«, fragte Brooke.

Ich nickte. »Es ist schon komisch, nicht wahr? Gestern noch konnten wir uns finanziell kaum über Wasser halten und heute leben wir alle unseren Traum.«

»Es ist merkwürdig, aber auf eine gute Art und Weise«, stimmte Brooke zu.

Meine Schwester wandte ihre Aufmerksamkeit Liam zu und meine Augen wanderten wieder zu der Nische, in der Eli saß.

Ich hasste mich selbst ein wenig dafür, dass ich ihn ansah, aber Eli Stone hatte die gleiche Wirkung auf mich wie eine Massenkarambolage: Ich wusste, dass ich nicht mit offenem Mund dastehen und gaffen sollte, aber ich konnte meinen Blick einfach nicht abwenden.

Als ich bemerkte, dass er seine Aufmerksamkeit auf mich gerichtet hatte, erschrak ich. Unsere Blicke trafen sich, er hob sein Glas – von dem ich ausging, dass es Alkohol enthielt – und prostete mir still zu.

Mein Kopf fuhr wieder zu meiner Familie herum, während ich vor Ärger innerlich kochte.

Ich hätte ihn nicht ansehen sollen. Das Grinsen auf seinem Gesicht war eher störend als freundlich gewesen, ganz so, als wäre ihm etwas bekannt, von dem ich nichts wusste.

Es war nicht so, als ob Eli das Verlangen hätte, nett zu sein. Das hatte er nie.

Wir waren Feinde. In meiner Welt existierte kein Platz, um in ihm irgendetwas anderes als eine Bedrohung zu sehen.

»Entschuldige mich für einen Moment«, murmelte ich höflich, als ich von meinem Stuhl aufstand.

»Stimmt etwas nicht?«, fragte Brooke und sah zu mir auf.

Ich strahlte sie an. »Toilette«, erklärte ich, nachdem ich meine Serviette auf den Tisch gelegt hatte. »Ich bin gleich zurück.«

Ich brauchte eine Minute, um mich zu sammeln, also ging ich schnellen Schrittes durch das Restaurant und betrat den eleganten Waschraum.

Als ich am Waschtisch angelangt war, hielt ich an und betrachtete mich im Spiegel.

Das Kleid, das ich trug, hatte mehr gekostet, als die meisten Menschen in zehn Jahren für Kleidung ausgaben. Als ich es anprobiert hatte, hatte ich mich sofort darin verliebt. Jetzt bekam ich jedoch Zweifel an dem schwarzen Cocktailkleid, das mir das Gefühl gab, halbnackt zu sein.

Ich frischte meinen Lippenstift auf und wusch mir die Hände, nur damit ich etwas zu tun hatte.

Ich musste nicht zur Toilette gehen. Es war nur eine Ausrede gewesen, um Elis durchdringendem Blick zu entkommen.

Als ich fertig war, warf ich das Papierhandtuch in den Mülleimer und atmete tief ein.

Ich kann nicht zulassen, dass er mich so verunsichert.

Eli würde nichts lieber wollen, als mich aus der Fassung zu bringen. Sein Ziel war es, mich zur Aufgabe zu zwingen, doch den Gefallen würde ich ihm nicht tun.

Das würde garantiert nicht passieren.

Menschen wie Eli Stone musste ich einfach ignorieren, denn sie waren lediglich reiche Vollidioten, die der Meinung waren, die Welt gehöre ihnen, nur weil sie Geld hatten.

Leider machte er es einem sehr schwer, ihn nicht zu beachten.

Ich atmete noch einige weitere Male tief ein und wieder aus, dann verließ ich den Waschraum, fest entschlossen, meinen letzten Abend im Kreis meiner Familie zu genießen.

Eli war ein Arschloch und ich konnte nicht ändern, was Jahre der Rücksichtslosigkeit und Völlerei aus ihm gemacht hatten. Ich wollte es nicht einmal versuchen.

Ich nahm wieder auf dem Stuhl an unserem Tisch Platz, wobei ich versuchte, keine Aufmerksamkeit auf mich zu lenken.

Es bedurfte beinahe schon übermenschlicher Kräfte, nicht noch einmal zu ihm hinüberzusehen, aber es gelang mir.

Als wir aufstanden, um zu gehen, war er schon nicht mehr da.

BROOKE

Zwei Monate später ...

Bei der Planung meiner Hochzeit hatte ich sehr viel Hilfe gehabt.

Ich hatte per Videoanruf jeden Tag mit Jade gesprochen und ihr Beispiele von Kleidern, Kuchen, Essen, Blumen und allen anderen Details gezeigt, die ich für die Hochzeit haben wollte und von denen ich nicht einmal gewusst hatte, dass sie für Bräute existierten.

Zusätzlich dazu hatte mir jede der Sinclair-Ehefrauen ebenfalls geholfen. Mindestens eine der Frauen meiner Halbbrüder war so gut wie jeden Tag bei mir gewesen, und sehr oft war es auch so gewesen, dass sie *alle* mit mir in Liams Haus gesessen und bei den Vorbereitungen geholfen hatten.

Ich hatte meine Wohnung aufgegeben und war bei ihm eingezogen. Wir hatten uns entschieden, nicht mehr getrennt zu leben, weil wir sowieso so gut wie jeden Abend und jede Nacht zusammen waren.

Ich hatte mich mit jeder der Frauen meiner Halbbrüder angefreundet, doch die Freundschaft, die mir am meisten bedeutete, war die zu meiner Halbschwester Hope.

Sie war diejenige gewesen, die mir geholfen hatte, mit vielen der schrecklichen Dinge umzugehen, die mir zugestoßen waren. Bevor sie Jason geheiratet hatte, hatte sie als Extremwetterfotografin gearbeitet. Als ich von ihrem Leben und dem Horror gehört hatte, den sie erleiden musste, als sie während eines Taifuns in einem anderen Land war, waren mir meine eigenen Erlebnisse beinahe nichtig vorgekommen. Ich kann nicht sagen, dass Hope meine Erfahrungen einfach als unbedeutend abgetan hätte. Im Gegenteil, sie war geduldig und freundlich gewesen, sogar mitfühlend, weil sie ihr eigenes Trauma überwunden hatte.

Aber meine Halbschwester war der lebende Beweis dafür, dass nach einer Tragödie wieder gute Dinge passieren konnten.

Um ehrlich zu sein, hatte so gut wie jede der Sinclair-Frauen einmal ihre ganz persönliche Hölle durchlebt, weshalb es so einfach gewesen war, sich mit ihnen anzufreunden. Sie waren so echt und ich konnte mich ihnen ohne Weiteres öffnen, denn ich hatte das Gefühl, sie bereits seit Ewigkeiten zu kennen.

Sicher gab es auch Momente, in denen ich meine Familie in Kalifornien vermisste, aber die Tatsache, dass ich hier in Amesport ebenfalls Familie hatte, hatte die Sehnsucht nach meinen Geschwistern gemildert.

Aber jetzt sind sie alle hier.

Ich seufzte, als ich mich im Jugendzentrum von Amesport umsah, und war verblüfft, dass dieser riesige Versammlungsort für so viele Zwecke genutzt werden konnte. Mein Hochzeitsempfang hatte bereits begonnen und der Tanzsaal sah fantastisch aus. Dafür musste ich mich bei den Sinclair-Männern vor Ort bedanken. Sie alle hatten sehr viel Geld in das baufällige Zentrum investiert und dafür Sorge getragen, dass dort von Basketballspielen bis hin zu Stadtfesten viele verschiedene Veranstaltungen stattfinden konnten.

Es war der beste Ort für meinen Hochzeitsempfang gewesen, weil wir so viele Gäste erwarteten. Die Sinclair-Familie allein nahm schon ziemlich viel Platz ein und darüber hinaus war ich mir sicher, dass mindestens die halbe Stadt ebenfalls anwesend war. Liam und Tessa waren in Amesport aufgewachsen und beide kannten sehr viele Menschen in dem Städtchen.

Meine Brüder, Evan und Hope saßen alle gemeinsam an einem großen Tisch in der äußersten Ecke und es schien, als würden sie alle wunderbar miteinander auskommen. Als ich sie mir ansah, wurde mir die Ähnlichkeit zwischen ihnen bewusst.

Ich fragte mich, warum ich Evan nie in Verdacht gehabt hatte. Aber ich hatte festgestellt, dass es schwierig war, etwas zu sehen, das unmöglich war. Oder zumindest war es für mich nicht einmal *annähernd* möglich gewesen, bevor ich die Wahrheit erfahren hatte. Ich nahm an, dass die Dinge im Verborgenen blieben, wenn man nicht nach ihnen suchte. Das Gehirn arbeitete auf eine merkwürdige Art und Weise.

Ich stürzte mich ins Gedränge, nachdem ich sehr lange versucht hatte herauszufinden, wie man in einem Hochzeitskleid zur Toilette gehen soll. Es war nicht einfach gewesen, aber am Ende hatte ich es geschafft.

Liam war der Erste, der mich in der Menge erblickte, als ich zurück zu unserem Tisch ging. Er hob den Kopf und wandte sich mir zu, um mich mit seinem heißen, besitzergreifenden Blick anzusehen, den ich so sehr an ihm liebte.

Es war beinahe so, als könnte er meine Anwesenheit spüren, genau wie ich ihn bemerkte, wenn er einen Raum betrat. Während ich mir einen Weg durch das Gedränge bahnte, verloren wir uns aus den Augen, aber das Gefühl dieses Bewusstseins verschwand nie.

In den vergangenen Monaten war mir langsam wohler in meiner eigenen Haut geworden und ich hatte gelernt, mit der Tatsache umzugehen, dass ich unfassbar reich war. Nachdem wir unseren Streit beigelegt hatten, war Evan ein großartiger Mentor für mich gewesen und hatte mir gezeigt, wie ich mein persönliches Vermögen vermehren konnte. Er hatte mich immer beruhigt, wenn ich mich selbst und meinen Sinn für Investitionen in Frage stellte. Es war ziemlich respekteinflößend, sieben- oder achtstellige Summen in Unternehmen zu investieren, auch wenn ich sie im Vorfeld recherchiert hatte und der Meinung gewesen war, dass sich die Anlage rentieren würde.

Ich hatte mich gegen eine bezahlte Arbeit entschieden. Es nahm bereits genug meiner Zeit in Anspruch, mein Vermögen zu verwalten. Während meines Studiums des Finanzwesens hatte ich mir niemals vorstellen können, einmal meine eigene Investorin zu sein. Es war befreiend und einschüchternd zugleich.

Evan half mir. Seine Tipps waren unbezahlbar. Ihn zum Bruder zu haben war sogar noch besser.

Von allen meinen Halbbrüdern erhielt ich unzählige Ratschläge. Jeder Einzelne von ihnen besaß einen großartigen Unternehmergeist und auch bei Hopes Mann Jason war das der Fall. Ich sog alles, was sie mir mitteilten, auf wie ein Schwamm. Ich hoffte, dass ich eines Tages mit den Sinclair-Unternehmensprofis auf der gleichen Stufe stehen würde. Doch vorerst war ich damit zufrieden, nur der Lehrling zu sein.

Zu meiner Überraschung hatte ich herausgefunden, wie unglaublich großzügig meine Halbgeschwister mit ihrem Vermögen umgingen und wie verdammt gut es sich anfühlte, Geld für wohltätige Zwecke zu spenden, um dabei mitzuhelfen, die Welt zu verändern. Das war vermutlich eine der besten Sachen, die mir der plötzliche Reichtum beschert hatte.

Liam grinste mich an, als ich endlich am Tisch ankam. Er stand auf und zog den Stuhl neben sich heraus.

In seinem Smoking sah er umwerfend aus und bevor ich mich setzte, betrachtete ich ihn voller Stolz, weil er nun offiziell zu mir gehörte.

Ich hatte gerade einen wunderbaren Mann geheiratet und würde mich vermutlich noch Wochen später selbst kneifen müssen, bevor ich mich daran gewöhnt hatte, dass ich nun seine Frau war.

Liam hatte sich entschieden, einen Manager für das *Sullivan's* einzustellen. Es war beinahe schon wieder Hochsaison und er hatte sich ebenfalls weitere Arbeitskräfte gesichert. Er hatte zwar nicht vor, in irgendeiner Form bei der Arbeit kürzer zu treten, aber er wollte sich mehr darauf konzentrieren, das Unternehmen zu vergrößern, als sich mit den tagtäglichen Aufgaben zu beschäftigen.

Ich setzte mich vorsichtig hin und Liam nahm neben mir Platz.

»Ich weiß ja nicht, wie du das siehst, aber ich bin bereit für die Flitterwochen«, brummte er an meinem Ohr mit einer Stimme, die nur mir galt.

Ich biss mir auf die Lippe, um nicht loslachen zu müssen, und drehte mich, damit ich ihn ansehen konnte. »Der Empfang hat kaum begonnen«, erinnerte ich ihn. »Und wir reisen erst morgen ab.«

Wir würden einen Monat lang unterwegs sein. Es hatte so viele Orte gegeben, an denen ich meine Flitterwochen verbringen wollte, dass Liam einen Flug zu jedem einzelnen gebucht hatte. Wir würden uns auf eine verrückte Weltreise begeben, um alle Länder zu besuchen, aber ich machte mir um den Komfort keine Gedanken, weil wir in Evans Flugzeug unterwegs sein würden.

»Genau deswegen müssen wir früh ins Bett gehen, um ausgeschlafen zu sein«, sagte er.

Dieses Mal musste ich lachen. Ich konnte mich einfach nicht beherrschen. »Liam, es ist nicht einmal siebzehn Uhr und ich bin am Verhungern. Können wir zumindest warten, bis wir zu Abend gegessen und den Kuchen angeschnitten haben?«

»Gut, dann warte ich eben«, sagte er sofort, während seine Augen mich zärtlich anblickten.

Ich küsste ihn, ein langsamer, süßer Kuss, der in mir den Wunsch erweckte, diesen Mann nackt vor mir zu haben, damit ich ihn so berühren konnte, wie ich es mir in diesem Augenblick ersehnte. Wenn ich etwas wollte, war er immer geduldig. Mein Herz schmerzte, weil ich wusste, dass er stets bereit war, meine Wünsche und Bedürfnisse vor die seinen zu stellen. Ich zog daraus keinen Vorteil, denn ich war bereit, das Gleiche für ihn zu tun. Aber es war einfach etwas so Wunderbares, dass es einen Mann gab, der so viel opfern würde, nur um mich glücklich zu machen.

»Danke fürs Warten«, sagte ich atemlos und mit einer Spur Belustigung in der Stimme.

»Auf dich würde ich ewig warten, Brooke. Ich habe das Gefühl, dass ich das bereits getan habe«, sagte er leise und legte seinen Arm um mich.

Ich seufzte, als ich die Hitze seines kräftigen Körpers neben meinem spürte. »Mir geht es genauso«, murmelte ich.

Meine Schwester Jade kam durch die Menschenmenge zu uns herüber und sah aufgeregt aus, als sie sich mir gegenüber auf einen Stuhl setzte.

Ihre Wangen waren rot wie eine reife Tomate, während sie einen großen Schluck von ihrem Getränk nahm.

Ich lehnte mich über den Tisch und fragte sie: »Ist alles in Ordnung? Dein Gesicht ist ganz rot.«

Sie hob eine Hand an ihre Wange, als ob sie die Hitze von ihrer Haut abwischen wollte. »Es geht mir gut«, sagte sie schnippisch. »Ich hatte nur keine Ahnung, dass Eli Stone hier sein würde.«

Ich hatte den exzentrischen Milliardär direkt nach der Zeremonie getroffen. »Er ist mit dem Großteil der Sinclairs hier in Amesport befreundet. Ich wusste auch nicht, dass er kommt. Aber er scheint ganz nett zu sein.«

Ich hatte eines über stinkreiche Menschen herausgefunden, und zwar dass die meisten von ihnen sich untereinander kannten und ziemlich oft sogar miteinander befreundet waren. Anderenfalls hassten sie einander. Ich war mir ziemlich sicher, dass meine Halbgeschwister so viele reiche Leute kannten, weil sie in diesen Kreisen aufgewachsen waren. Vielleicht waren andere Reiche die einzigen Menschen, denen sie vertrauen konnten.

»Ich hasse ihn«, sagte Jade voller Abscheu. »Wir können nicht einmal höflich miteinander umgehen.«

»Warum nicht?«, fragte ich.

Sie schüttelte den Kopf und sah aus, als ob sie ihre Worte bereute. »Ach, es ist nichts. Ich muss ja nicht mehr mit ihm reden«, sagte sie mit ruhigerer Stimme.

»Hat er dich beleidigt?«, wollte Liam wissen und klang verärgert darüber, dass ein Gast bei seiner Hochzeit meine Schwester gekränkt haben könnte.

Jade und Liam hatten sich während der letzten Monaten besser kennengelernt und besaßen gegenseitige Sympathie und Respekt füreinander. Wenn irgendjemand meine Zwillingsschwester verletzte, würde Liam fest entschlossen sein, die Sache richtigzustellen.

»Nein. Wirklich. Es geht mir gut«, sagte Jade. »Er geht mir nur auf die Nerven. Ich werde aber nicht zulassen, dass mich so ein pompöser, arroganter, stinkreicher Typ aus der Fassung bringt.« Sie lächelte etwas gekünstelt. »Es ist ein besonderer Tag.«

Ihre Lippen waren zu einem Lächeln verzogen, aber ihre Augen wirkten unsicher. Ich machte mir Sorgen um Jade, doch bis sie bereit war, über das zu sprechen, was auch immer ihr so schwer auf der Seele lastete, gab es nicht viel, das ich für sie tun konnte.

»Ihr beiden Turteltäubchen könntet den Kellnern mal sagen, dass sie das Essen herausbringen sollen. Ich verhungere hier ja noch«, sagte Aiden mit lauter, dröhnender Stimme am anderen Ende des Tisches.

»Wann verhungerst du denn mal nicht?«, bemerkte Liam trocken, trotzdem bedeutete er den Kellnern, mit dem Servieren zu beginnen. »Hört er jemals auf zu essen?«, fragte er mich leise.

Ich grinste. Alle meine Brüder aßen wie die Scheunendrescher. »Nein. Seit ich denken kann, benehmen sich alle drei so.«

Ich erwähnte jedoch nicht, dass es unzählige Gelegenheiten gegeben hatte, zu denen meine älteren Brüder mir, Jade und Owen ihre Mahlzeit überlassen hatten. Jetzt, da sie sich nie wieder Gedanken darüber machen mussten, nicht genügend Nahrung für die gesamte Familie zu haben, holten sie ihre Defizite auf.

»Ich bin froh, dass ich zusätzliche Portionen bestellt habe«, sagte Liam gutmütig.

Er hatte so viel kommen lassen, dass meine Brüder es niemals schaffen würden, alles aufzuessen. Und ich war mir sicher, dass er es getan hatte, weil er wusste, wie viel sie wegputzen konnten.

»Ich liebe dich«, entfuhr es mir, als ich mich zu ihm umdrehte. Mein Herz klopfte mir bis zum Hals, als ich darüber nachdachte, wie glücklich ich mich schätzen konnte, einen Mann zu haben, der sich um meine Familie sorgte.

»Hey, stimmt etwas nicht?«, fragte Liam, als er sah, wie mir eine Träne die Wange hinunterrollte.

Ich schüttelte den Kopf und wischte mir das Gesicht ab. »Nein, schon gut. Ich habe mich nur gerade gefragt, was ich in meinem Leben getan habe, um einen Mann wie dich zu verdienen.«

Er lächelte mich an und fasste mich am Kinn, um mir ins Gesicht zu blicken. »Nichts. Du musstest gar nichts tun. Du hast einfach nur du selbst sein müssen. Und nur damit du es weißt, ich liebe dich auch.«

Ich wusste, dass er mich liebte. Er bewies es mir mit Taten und Worten. Ich sah in sein hübsches Gesicht und dachte noch einmal daran, wie verdammt attraktiv er in formeller Kleidung aussah. »Vielleicht können wir den Kuchen ja auslassen«, sagte ich gerade so laut, dass er es verstehen konnte.

Mit einem Mal war es mir egal, ob ich aß oder nicht. Ich wollte mit Liam nach Hause fahren und jedes seiner Kleidungsstücke ausziehen, bis ich seine heiße Haut berühren konnte. Worte allein schienen jetzt nicht mehr auszureichen. Ich wollte ... ihn. Ich musste ihm *zeigen*, dass ich ihn liebte, genauso wie ich diesen Satz laut aussprechen musste.

Er lachte. Ein lauter, tiefer und durch und durch amüsierter Laut, der mein Herz zum Schmelzen brachte. »Süße, wir können zuerst etwas essen.«

Ich schlang meine Arme um seinen Hals. »Ich glaube nicht, dass ich warten kann«, flüsterte ich ihm ins Ohr.

»Du hast Hunger –«

»Ich will dich aber mehr«, sagte ich mit meinem Mund direkt an seinem Ohr.

»Verdammt!«, fluchte er leise und frustriert. »Ich habe einige leere Zimmer gesehen, als wir in Richtung Tanzsaal gegangen sind, aber das ist nicht unbedingt das, was ich für unser erstes gemeinsames Mal als Mann und Frau geplant hatte.«

»Wir könnten wieder zurück sein, bevor unser Essen kalt wird«, schlug ich mit lüsterner Stimme vor. Ich brauchte keine perfekte Hochzeitsnacht. Ich brauchte nur Liam.

Ich spürte, wie sich seine Schultern unter meinen Armen anspannten. »Hast du Lust auf ein Abenteuer?«, fragte er heiser.

»Absolut.«

Ohne ein weiteres Wort stand er auf. In seinen Augen konnte ich die Verspieltheit sehen, als er mich hochzog.

»Wir kommen zurück, damit ich dich füttern kann«, sagte er nachdrücklich. »Wir können nicht lange wegbleiben.«

»Ich kann vielleicht doch warten«, sagte ich, obwohl ich immer noch furchtbar gern allein mit ihm wäre.

»Nun, ich kann das aber nicht«, sagte er rau und zog mich sanft in Richtung Ausgang. »Sieh das einfach als einen Vorgeschmack auf das, was dich später noch erwarten wird.«

Ich lachte, als ich sah, wie mich meine Familienmitglieder mit großen Augen anstarrten, als Liam mich von unserem Hochzeitstisch wegführte.

»Wir sind gleich zurück«, rief ich dem Tisch mit meinen Geschwistern fröhlich über meine Schulter hinweg zu.

Ich würde diesen Tag als den fröhlichsten, schönsten Hochzeitsempfang in Erinnerung behalten, den ich mir je hätte wünschen können, auch wenn Liam und ich darum bitten mussten, unser Abendessen noch einmal aufgewärmt zu bekommen.

Aber ich würde mich sicherlich nicht beschweren.

Mein neuer Ehemann war dieses Opfer wert.

~Ende~

Biografie

J.S. Scott ist eine Bestsellerautorin pikanter Liebesromane. Sie ist eine begeisterte Leserin von Büchern und Literatur jeglicher Art. J.S. Scott schreibt, was sie selbst gern liest, und das sind zeitgenössische sowie paranormale erotische Liebesgeschichten. Sie handeln meistens von einem Alphamännchen und haben ein Happyend, denn so schreibt sie sie einfach am liebsten!

Besuchen Sie mich auf:
http://www.authorjsscott.com
https://www.facebook.com/J.S.ScottGermany/

Oder senden Sie eine E-Mail an:
JSScott_author@hotmail.com

Sie finden mich ebenfalls auf Twitter:
@AuthorJSScott

Oder folgen Sie mir auf Goodreads:
https://www.goodreads.com/author/show/2777016.J_S_Scott

F. A. Scott

Bitte tragen Sie sich auf meiner E-Mail-Liste ein, um über Neuigkeiten, neue Veröffentlichungen und exklusive Textauszüge informiert zu werden: http://eepurl.com/b2DuYn

Bücher von B. A. Scott

Obwohl die Serie »Die Walker-Brüder« zwanglos mit der Reihe »Ein Milliardär voller Leidenschaft« verbunden ist, stellt sie eine eigenständige Serie dar, die auch gelesen werden kann, ohne die Bücher von »Ein Milliardär voller Leidenschaft« zu kennen. Es handelt sich ebenfalls um eine heiße Liebesromanreihe mit Alpha-Milliardären.

www.ingramcontent.com/pod-product-compliance
Lightning Source LLC
Chambersburg PA
CBHW030301130626
46549CB00002B/635